KB102657

환담 · 관화담

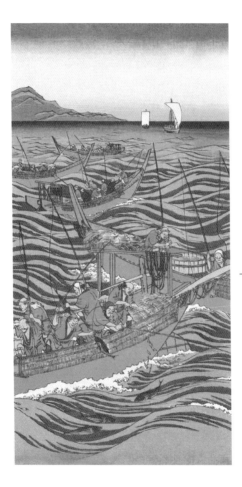

환담·관화담

幻談·觀画談

고다 로한 지음
홍부일 옮김

연암서가

옮긴이 홍부일

서강대학교 철학과를 졸업하고 현재 한국고전번역원 고전번
역교육원 연수과정에 있다. 일본 교토에 거주하면서 아쿠타가
와 류노스케, 엔도 슈사쿠, 요시다 겐이치, 이시카와 다쿠보쿠
등의 일본 근대 문인에게 관심 가지게 되었다. 옮긴 책으로 『햣
키엔 수필』, 『노라야』가 있으며 한일 간 문학 교류 중 특히 경
술국치 시기 문인들 간의 교류를 현대 한글로 옮겨 보려 노력
하고 있다.

환담·관화담

2020년 5월 15일 초판 1쇄 인쇄
2020년 5월 20일 초판 1쇄 발행

지은이 | 고다 로한
옮긴이 | 홍부일
펴낸이 | 권오상
펴낸곳 | 연암서가

등록 | 2007년 10월 8일(제396-2007-00107호)
주소 | 경기도 고양시 일산서구 호수로 896, 402-1101
전화 | 031-907-3010
팩스 | 031-912-3012
이메일 | yeonamseoga@naver.com

ISBN 979-11-6087-059-6 03830
값 12,000원

이 작품집에 수록된 단편 「관화담」의 주인공은 패사소설을 읽는 것을 죄악처럼 여기며 하이쿠 시 짓기 또한 하찮은 장난거리라고 생각한다. 과연 현재로선 금자탑을 이룬 일본 문학이지만 불과 150여 년 전인 에도시대(1603~1867)까지만 해도 문학과 소설이란 도구적이고 오락적인 성격이 강해서 권선징악이나 황당무계한 내용이 대다수를 차지하고 공리주의적인 목적을 가진 정치소설이나 번역소설이 주를 이루고 있었다. 그리고 이러한 문학을 문학 자체로서의 문학, 소설

자체로서의 소설과 예술의 경지로 끌어 올리며 근대 문학의 장을 연 것이 쓰보우치 쇼요(坪內逍遙)이다. 이 작품집의 저자인 고다 로한 또한 쓰보우치 쇼요의 저서인 『소설신수小說神髓』에 큰 감명을 받아 문학에 뜻을 두게 된다. 마치 미술작품처럼 문학 또한 예술 그 자체가 되어 실용적인 목적이 아닌 사실주의를 바탕으로 사람의 심리와 정서를 풍요롭게 하고 감동을 주어야 한다는 것이 주장의 요지이지만 그 자세한 내용을 이곳에서 다룰 필요는 없을 것이다. 아무튼 고다 로한은 쓰보우치 쇼요의 문학관에 공명하여 예술 작품으로서 문학을 개척해나간 일본 근대 문학의 대문호이다.

하지만 그가 지향한 문학적 방향은 쓰보우치 쇼요의 사실주의와는 자못 결이 달랐다. 당시 서구 풍조에 심취하던 사회 분위기에서 문학 사조 또한 크게 벗어나지 않았지만 고다 로한은 이러한 서구주의에 반발하며 의고전주의(擬古典主義) 작가로서 이름을 떨쳤다. 그리고 이러한 의고전주의를 논할 때 고다 로한과 항상 함께 언급되는 작가가 오자키 고요(尾崎紅葉)다. 고다 로한과 오자키 고요 모두 에도시대 시인인 이하라 사이카쿠(井原西鶴)에게 큰 영향을 받았지만 실제 둘이 보인 작풍은 흥미로운 대조를 보인다. 오자키 고요는 여성을 주인공으로 삼아 『겐지 이야기』를 연상시키는 화려

한 필치를 통해 사실주의적인 작풍을 선보였다면 고다 로한은 대개 남성을 주인공으로 세워 이상과 긍지에 대해 그리곤 하여 이상적 낭만주의로 칭해지곤 했다. 오자키 고요의 소설은 요염한 문체를 통해 매력적이고 싫증나지 않는 인물들을 그려냈기 때문에 어마어마한 대중성과 통속성을 가지고 있었지만 고다 로한은 젊은 시절부터 장엄하고 성숙한 경지의 문학을 선보였다. 그럼에도 두 작가는 고전을 통해 새로운 분야를 개척하려 했다는 점에서 의고전주의의 대표적인 두 작가로 일컬어지며 이른바 고로시대(紅露時代)를 함께 이끌었다.

그러나 두 작가의 작풍이 많은 차이를 보였듯 고다 로한은 오자키 고요와 교유하기보다는 오히려 당대 동서양 학문과 문학관을 아우르며 이름을 떨치던 소설가이자 번역가이자 군의관인 모리 오가이(森鷗外)와 친분을 쌓았다. 독일에서 유학 생활을 했던 모리 오가이는 서구 문학 번역과 작품 창작을 통한 계몽을 주장하는 한편 자연주의를 지양하고 특유의 낭만주의를 선보이며 고다 로한와 함께 문예지 「메사마시구사めさまし草」를 창간하여 문예 합평을 이어나가기도 했다. 고다 로한의 작품 중 빼놓을 수 없는 것이 시대 역사 소설과 사전(史傳) 문학인데 모리 오가이 또한 말년에 다양한 문제의식

을 역사 고증과 함께 녹여내며 본인만의 사전 문학을 개척했다. 모리 오가이는 당시 촉망받는 군의관이기도 했고 스스로 문과 무를 겸비하려 노력했던 만큼 작품 활동에 완전히 집중하지는 못했지만 고다 로한은 비교적 문에 집중하며 많은 저술을 남겼다. 하지만 고다 로한 또한 문학 작품 외에 도가 사상 연구나 마쓰오 바쇼(松尾芭蕉)의 시집인 『칠부집七部集』 연구 주석에 몰두하는 등 폭넓은 활동을 전개했다.

엉성하게 써 내린 대강의 약력만 읽어보아도 쉽지 않은 인물처럼 느껴지겠지만 그래서 그의 작품을 번역하기도 정말 쉽지 않았다. 로한의 작품을 흔히 원숙한 시적 경지를 이루었다고 호평하곤 하는데 그 말인즉슨 번역가로서는 부담감에 부담감을 갖고 번역해야 함을 의미했고 과연 시적인 문체와 그 속에 아슬아슬하게 담겨 있는 의미를 전부 놓치지 않고 번역하는 부분이 가장 힘들었다. 잔뜩 겁을 준 느낌이 없지 않지만 당장은 걱정하지 않으셔도 될 법하다. 우선 그의 작품은 다채롭고 흥미롭고 재밌기 때문이다. 고로시대가 지난 뒤에도 고다 로한은 한참 후배이자 현재 일본 오천 엔권의 주인공인 근대 여류 소설가 히구치 이치요(樋口一葉)와 함께 많은 사랑을 받으며 새로운 문학 시대를 개척했다. 오자키 고요와 고다 로한의 공통점이 의고전주의였다면 히구치

이치요와 고다 로한의 공통점은 무엇일까. 개인적으로 그 공통점이란 아름다운 문어체와 그 너머에서 분투하는 인물들의 생생하고 박진감 넘치는 모습들이라고 생각한다. 어느 시대에나 늘 치열하게 분투하며 살아가는 사람들이 있었고 그 사람들을 예술의 경치에서 생생하게 되살려내는 것을 쓰보우치 쇼요의 영향을 받아 새로운 문학관으로 고취된 고다 로한 또한 목표로 삼았을 것이다.

히구치 이치요와 다니자키 준이치로(谷崎潤一郎) 등 천재적인 후배 문인들의 추종을 받으며 제1회 문화훈장을 수여하기도 한 고다 로한은 문단의 원로이자 거목으로서 당시 묵직한 위치를 차지하고 있었다. 그 로한의 만년 작품들을 모은 본 작품집은 앞서 설명한 로한의 문학사적 성격과 일치하면서도 언뜻 또 다른 느낌의 경치를 선보인다. 장인의 절묘한 필치는 현재까지도 가히 독보적이다. 다만 너무나 독보적이었던 만큼 감히 누구도 흉내 내지 못했고 더군다나 길고 긴 시간이 흘러 독해에 있어 더 많은 난점이 쌓이게 되었다. 하지만 고다 로한은 문학적으로나 실제 본인의 성격적으로나 전혀 완고하거나 고지식하지 않았다. 작품을 읽다 보면 오히려 자유분방하고 자상한 고다 로한의 모습을 분명히 만나볼 수 있을 것이다. 그렇기 때문에 많은 난점에도 불구하고 고

다 로한은 대문호로서 현재까지도 자리매김할 수 있으리라
생각한다.

2020년 4월

홍부일

차례

역자의 말 __5

환담(幻談) __13

관화담(觀画談) __49

골동품 __84

마법 수행자 __125

갈대 소리 __163

작품 해설 __187

작가 연보 __205

일러두기

- 저자주 표시가 없는 괄호 주석은 전부 역자가 단 주석임.
- 인명과 지명과 연호의 경우 대개 일본어 외래어 표기법을 준수하였으나 중국어권 인명과 지명과 연호는 우리 한자음에 맞추어 번역 표기함.
- 현재 일본에서 사라진 고어, 한문체 표현. 역사 문화적 고유 표현 및 용어는 작가의 작품이 현지에서도 현대역을 거치고 있는 만큼 일부 우리말로 풀어 번역함.

환담(幻談)

이렇게 날이 더워지면 여러분들께서 혹 높은 산으로 가시거나 또는 시원한 바닷가로 가서서 그렇게 이 힘겨운 나날을 알찬 생활의 일부분으로 보내고자 하시는 것도 당연합니다. 하지만 한 번 몸이 늙으면 산에도 가지 못하고 바다로도 나서지 못하게 되지만 그 대신 좁은 뜰의 아침 이슬, 툇마루의 저녁 바람 정도로 만족하며 평화로운 나날을 무난히 보낼 수 있게 된다는 것으로, 뭐 노인은 그런 것들로 낙착(落着)해야만 하는 것이 자연스러운 이치입니다. 산에 오르는 것도 정말 좋은 일입니다. 깊은 산 속으로 들어가 높은 산, 험한 산 같은 곳에 오르게 되면 일종의 신비로운 흥밋거리도 많습니다. 그 대신 또 위험한 일도 생길 수 있기 때문에 무서운 이야기가 전해지기도 합니다. 바다도 마찬가지입니다. 지금 이야기해 드리고자 하는 건 바다 이야기지만 그 전에 먼저 산 이야기를 하나 해두고자 합니다.

서기 1865년 7월 13일 오전 5시 반 체르마트라는 곳에서 출발하여 알프스의 그 유명한 마터호른 산을 태초 이래 최초로 정복하기로 마음먹고서 그 다음날 14일, 새벽이 오기도 전부터 혈투해가며 그렇게 오후 1시 40분에 정상에 도착한 게 그 유명한 『알프스 등반기』의 저자 휨퍼(Edward Whymper) 일행이었습니다. 여덟 명 일행이 알프스 마터호른을 처음으로 정복하여 그 뒤로 조금씩 조금씩 알프스 길도 열릴 수 있었을 것입니다.

여러분께서도 마터호른 정복 기행을 통해 알고 계시므로 지금 제가 여기서 말씀드리지 않아도 일찍이 잘 알고 계시겠지만 바로 그때 그 전부터 다른 일행, 즉 이탈리아의 카렐(Jean-Antoine Carrel)이란 사람 무리 역시 그곳을 정복하려고 하여 양자는 자연스럽게 경쟁하는 모양새가 되었습니다. 하지만 카렐 쪽은 불행히도 택한 길이 잘못되는 바람에 휨퍼 일행에게 패배하고 말았습니다. 휨퍼 일행은 오를 땐 크로즈, 그리고 그다음으론 나이든 쪽의 페터, 그다음 그 자식이 둘, 그다음 프란시스 더글러스 경이라는 지위 있는 자입니다. 그다음 해도우, 그다음 허드슨, 그다음 휨퍼가 가장 마지막, 그렇게 여덟 명이 순서대로 올랐습니다.

14일 1시 40분 마침내 그토록 두려운 마터호른 정상, 하늘에도 닿을 것 같은 정상에 올라 크게 기뻐한 뒤 하산하게 되었습니다. 하산할 때는 가장 선두에 크로즈, 그다음이 해도우, 그다음이 허드슨, 그다음으로 프란시스 더글러스 경, 그다음으로 나이 먹은 페터, 가장 마지막이 휨퍼, 그렇게 조금씩 조금씩 내려왔는데 그런 전무 미증유의 대성공을 거둔 여덟 명은 오르던 것과 비교하여 한층 더 두렵고 위험한 빙판길을 조심스럽게 더듬어 가고 있었습니다. 그런데 두 번째에 있던 해도우가 산 경험이 다소 부족했던 탓도 있겠고 또 피로가 쌓인 탓도 있었을 테고 아니 오히려 운명 탓이라고 말씀드리고 싶습니다만, 잘못 미끄러져 제일 선두에 서 있던 크로즈와 부딪치고 말았습니다. 그러자 눈과 얼음에 가려 발디딜 틈도 없는 험준한 곳에서 그런 일이 벌어졌기 때문에 크로즈는 바로 몸이 휩쓸리고 둘은 하나가 되어 떨어지게 되었습니다. 미리 로프로 서로 몸을 연결하여 한 사람이 떨어져도 다른 사람이 버티고 그렇게 한 사람 한 사람 위험에서 구할 수 있게끔 해두었지만 워낙에 절벽 같은 곳에서 떨어져 나갔기 때문에 버티지 못하고 둘에게 끌려 세 번째도 떨어졌습니다. 그 뒤 프란시스 더글러스 경이 네 번째였는데 아래로 떨어지는 셋의 기세에 떠밀려 이 사람도 함께 아래로 끌려갔습니다. 더글러스 경과 그 뒤 네 명 사이 로프가 팽팽히 당겨졌습니다. 네 명은 죽어라 참고 버텼습니다. 떨어진 네 명과 버티는 네 명 사이 로프는 힘이 부족해 뚜둑 뚜둑 끊기고 말았습니다. 정확히 오후 3시에 일어난 사건으로 앞선 네 명은 약 사천 자 높이의 빙하를 향해 거꾸로 낙하하였습니다. 뒷사람들이야 그곳에 살아남았지만 순식간에 자신들 일행 절반이 거꾸로 떨어져 깊은 골짜기 아래로 추락해 가는 모습을 보아야 했던 그 기분은 어땠을까요? 그래서 위에 남은 사람들은 미치광이처럼 흥분하고 죽은 사람처럼 절망하며 손발도 움직일 수 없을 것만 같았지만 그래도 계속 그리할 수만은 없었기 때문에 자신들도 이번에는 미끄러져 죽을 뿐만 아니라 예상할 수 없는 운명에 맞서고 있는 몸이라고 생각하면서 조금씩 조금씩 내려와 그렇게 간신히 오후 6시경 어느 정도 위험이 덜한 곳까지 내려오게 되었습니다.

내려오긴 했지만 조금 전까지 함께였던 사람들이 더는 까닭도 알 수 없는 산의 마수에 휩쓸리고 말았다는 생각이 들자 이상한 심리상태가 되었던 게 틀림없습니다. 우리는 그런 상황을 경험해 본 적이 없어 그저 이야기를 듣는 것만으로는 그 사람들의 마음속이 어땠을지 하는 건 아마 대체로 상상할 수 없겠지만 휨퍼가 기록한 바에 따르면 그때 저녁 6시경, 페터 일가는 등산에 익숙한 사람들이었는데 그중 한 사람이 문득 바라보기로는 리스칸이란 쪽에서 희미하게 아치 같은 것이 보여서 설마 하고 주의 깊게 살피고 있자 다른 사람들도 그가 바라보는 방향을 쳐다보았습니다. 그러자 이윽고 그 아치가 있는 곳에 서양 국가 사람들에게는 동양의 우리가 느끼는 것과는 다른 감정을 불러일으키는 십자가의 형상이, 그것도 작은 게 아닌 커다란 두 십자가의 형상이 공중에 생생히 보였습니다. 그래서 모두들 뭔가 이 세계의 감각이 아닌 감각으로 그 십자가를 바라보았다, 라고 쓰여 있습니다. 그 십자가가 한 사람만이 본 것이 아니라 남은 사람들 모두에게 보였다는 것입니다. 십자가는 우리의 오륜탑(五輪塔)과 같습니다. 산의 기상 상태에 따라 때로 어떤 형상이 보일 때도 있기 때문이지만 아무튼 바로 조금 전까지 살아 있던 일행들이 사망하고, 그런데다 그 후에 네 명 모두가 그런 십자가를 본,

그것도 한두 사람에게만 보인 것이 아니라 네 명 모두에게 보인 것입니다. 산에서는 광선이 비치는 상태에 따라 자신의 신체 그림자가 건너편에 나타나는 경우가 자주 있습니다. 네 명 중에는 그런 환영인가 하고 생각한 사람도 있었겠죠, 그래서 자신들의 손을 움직여보고 몸을 움직여 보았지만 그것과는 아무런 관계가 없었다고 합니다.

이 이야기는 이렇게 마치도록 하겠습니다. 오래된 경문 구절 중에 '마음은 능수능란한 화가와 같다'라는 말이 있습니다. 어쩐지 떠오르는 말이 아니겠습니까?

그래서 이야기해 드리고자 하는 건 제가 낚시를 즐기던 무렵 어느 선배에게서 듣게 된 이야기입니다. 도쿠가와 시대(德川時代: 에도시대, 1603~1687)도 아직 완전히 말기로 들기 이전 시절 일입니다. 에도(江戶: 도쿄의 옛 이름) 혼조(本所) 쪽에 살고 있던 사람으로 ― 혼조라고 하는 곳은 그다지 위치가 높지 않은 무사들이 많이 살던 곳인데 흔히 '혼조의 쪼그마한 하타모토(旗本: 녹봉 만석 미만 500석 이상의 무사)'라는 에도 속담이 있을 정도로 천 석까진 되지 않을 몇백 석 정도일 법한 작은 지위의 사람들이 살고 있었습니다. 이 사람 역시 그런 지위로 일이 잘 풀려 한때는 중책도 맡았습니다. 중책을 맡는다는 건 요컨대 출셋길도 열리고 나쁘지 않은 일이지만 세상이란 정말 쉽지 않은 곳이라 사람이 좋다고 반드시 출세하리란 법도 없고 오히려 다른 사람의 질투나 미움을 받아 자리를 빼앗기게 되어 그렇게 되면 대개 고부신(小普請)이란 자리로 들어갑니다. 모난 말뚝을 두들겨 넣어 '고부신'이라고 말하곤 하는데 고부신에 든다는 건 결국 아무런 관직도 얻지 못하게 됨을 의미합니다.(고부신의 원래 의미는 '소규모 수리'지만 에도시대에 관직 없는 하타모토란 파생의미가 생김) 이 사람도 사람은 좋았지만 고부신에 들게 되어 고부신이 되고 나면 한가하여 할 일이 거의 없기 때문에 낚시를 즐기고 있었습니다. 그다지 생계로 곤란한 일도 없고 사치도 부리지 않으며 모난 곳도 없이 사리 분별도 잘하는, 남자로서도 괜찮고 누가 보아도 좋은 사람. 그런 사람이었기 때문에 타인과 성가신 관계 따위 맺지 않는 낚시를 즐기고 있던 건 지극히 바람직한 일이었습니다.

그래서 이 사람은 한가한 틈만 나면 낚시를 하러 나갔습니다. 간다(神田) 강 쪽 선박집에서 기일, 즉 약속한 날이면 사공이 혼조 쪽으로 배를 가지고 왔기 때문에 그곳에서 배를 타고 낚시하러 나갑니다. 돌아올 때도 배를 통해 바로 혼조 쪽으로 올라와 자신의 집으로 갈 수 있어 실로 편리했습니다. 그리고 조수가 좋을 때는 매일같이 게이즈(25~30cm 정도의 감성돔)를 낚았습니다. 게이즈를 두고 제가 에도 사투리를 쓴다고 생각하시는 분도 계실 텐데 요새는 여러분께서 가이즈, 가이즈 하고 말씀하십니다만 가이즈는 사투리이고 게이즈가 진짜입니다. 계보(系図; 발음이 [케이즈])로 보면 도미류이기 때문에 '계보 도미'를 줄여 게이즈라고 부르는 검은 도미로 에비스(惠比寿; 칠복신 중 하나로 오른손에는 낚싯대, 왼손에는 도미를 들고 있음) 님께서 안고 계신 생선입니다. 아니, 이렇게 말씀드리면, 에비스 님께서 안고 계신 건 붉은 도미가 아닌가? 이상한 말이나 해대는 사람일세, 하고 또 혼날지도 모르지만 이는 야히쓰다이(野必大)라는 박학한 선생님께서 말씀하신 것입니다. 애초에 에비스 님께서 들고 계신 그러한 장대로는 붉은 도미는 낚을 수 없습니다. 검은 도미라면 그런 장대로도 분명 낚을 수 있습니다. 낚싯대 이야기가 나오기 때문에 쓸데없지만 살짝 덧붙입니다.

어느 날 이 사람이 여느 때처럼 배를 타고 나갔습니다. 사공인 기치라는 자는 이미 쉰을 넘겨서 늙은이 사공 등은 낚시객들이 좋아하지 않곤 했지만 이 사람은 그렇게 안달이 나서 생선을 마구 잡으려 하는 것도 아니었고 기치라는 자는 나이는 먹었어도 아직 그래도 노망이 올 정도로 나이를 먹은 건 아니었고 물정도 이것저것 잘 알고 있었고 이 사람은 언제나 기치를 좋은 사공으로서 부리고 있었습니다. 낚싯배 사공이라는 자를 고기잡이 지도자나 안내인으로 생각하시는 분들도 계실지 모르나 원래 그런 자들이 아니라 단지 낚시하러 놀러 온 사람들의 상대가 되어주기만 하는, 즉 낚시객을 접대하는 자들이라서 뱃사공 일을 오래 한 자 등은 사람을 잘 파악하고 그렇게 사람의 유쾌하고 불쾌한 부분을 파악하여 유쾌하게끔 시간을 보낼 수 있게 한다면 그것이 바로 좋은 뱃사공입니다. 그물낚시 사공 같은 자들은 더더욱 그러합니다. 그물은 낚시객 스스로 던지는 사람도 있지만 애초에 투망꾼이 던져 물고기를 낚는 도구입니다. 라고 해도 사공은 고기를 잡아 생계 벌이를 하는 어부와는 다릅니다. 낚시객이 물고기를 많이 잡게 하는 것보다 낚시객에게 그물 잡이에 나섰다는 흥미를 부여하는 게 핵심입니다. 그러므로 투망꾼이나 낚싯배 사공이나 하는 자들은 익살을 모를 법한 자란 존재하지 않습니다. 유람객도 게이샤(藝者: 일본 기녀) 얼굴을 보면 샤미센(三味線: 일본 전통 삼현금)을 켜서 노래하게 하고 작부는 부채를 들고 서서 춤추게 하는, 마구마구 가무를 제공시키는 게 좋다고 생각하는 사람이 아직 놀이를 전혀 모르는 것과 같이 물고기에게만 구애되는 건 이른바 이류객입니다. 라고 해서 물론 낚시하러 가서 낚지 못해도 괜찮다는 건 아니지만 뱃사공을 지독하게 부리며 무리해서라도 고기를 잡으려 하는 단계는 넘어 선 사람이었기 때문에 늙은 뱃사공 기치이지만 오히려 그래서 더 좋아했습니다.

　게이즈 낚시란 낚시 중에서도 또한 다른 낚시와 모습이 다릅니다. 왜냐하면 다른 낚시, 예를 들면 보리멸 낚시 등은 서서낚시라고 하여 물 안으로 들어가거나 혹은 사다리낚시 라고 하여 높은 발판 사다리를 바다 한가운데 세우고 그 위에 올라가 낚시를 하게 되는데 고기가 지나가기만을 기다려야 해서 나쁘게 말하는 자는 이를 구걸낚시라고 부를 정도로 고기가 지나가 주지 않으면 아무런 방법이 없는 비참한 상황이 됩니다. 그리고 또 숭어 낚시 등은 숭어라는 생선이 그다지 고급 생선도 아니고 떼 지어 다니는 생선이기 때문에 잡을 때면 너무 무거워서 짊어지지 않고는 가져갈 수 없을 정도로 잡곤 하는 데다가 숭어를 낚을 때는 뱃머리 쪽으로 나가서 커다랗고 긴 바닥 널판이나 노 따위를 뱃전 옆에서 다른 쪽 뱃전으로 넘기고 그 위에 걸터앉아 바람을 그대로 맞으며 한 명의 낚시객보다 험한 꼴을 하고 낚곤 하기 때문에 더는 놀이가 아니죠, 본직 어부 같은 꼴이 되어버려 실로 처참한 낚시입니다. 하지만 또 그런 장단에 맞춰 놀기를 좋아하는 호기로운 이들은 호탕해서 좋다는 식으로 찬미하는 낚시가 숭어 낚시입니다. 하지만 이야기 중인 사람은 그런 낚시는 하지 않습니다. 게이즈 낚시란 그런 낚시와 다른데, 그 무렵 에도 앞 물고기는 오카와(大川: 에도를 가로지르는 스미다 강의 하류) 강 쪽으로 훨씬 깊숙이 들어가 있어서 에이타이(永代: 오카와 하류 다리) 다리, 신오(新大:오카와 하류 다리) 다리 상류 쪽에서도 낚였습니다. 그래서 선녀가 공덕을 위해 지장보살 존영이 그려진 작은 종잇조각을 료고쿠 다리(両国橋: 신오 다리 바로 위 다리) 위에서 팔랑팔랑 흘려보내 그 종잇조각이 게이즈 안구에 덮어 씌워졌다는 등 지금으로선 상상할 수도 없는 절묘한 설화마저 있었을 정도였습니다.

그런데 강가 게이즈 낚시는 강 깊은 곳에서 낚을 땐 손줄낚기로 줄을 당기므로 장대 등을 휘두르며 돌아다니지 않아도 가능한 셈이었습니다. 긴 낚싯줄을 고리에서 빼내 양 손가락으로 입질을 가늠하며 낚습니다. 지칠 때는 뱃전 판자로 가져가 송곳을 세우고 그 송곳 위에 고래수염을 걸어 수염으로 만든 갈래에 낚싯줄을 옭아맨 뒤 쉽니다. 이를 '줄걸이'라고 불렀습니다. 나중에는 고래수염 위에 방울 등을 매다는 방식으로 발전하여 맥방울로 부르게 되었습니다. 맥방울은 지금도 사용되고 있습니다. 하지만 지금은 강의 모습이 완전히 바뀌어 오카와 낚시는 전부 사라지고 게이즈 맥낚시라거나 하는 건 아무도 모르는 낚시가 되어버렸습니다. 다만 그 당시에도 맥낚시로 해서는 잘 잡히지 않았습니다. 매일같이 혼조 바로 코앞 오카와 강 에이타이 상류 근처에서 낚는 것도 흥이 다해버린 이야기 속 그는 강가 맥낚시가 아닌 바다 장대 낚시를 즐기고 있었습니다. 장대 낚시에도 여러 종류가 있는데 메이지(明治: 에도시대 이후 1867년부터1912년까지) 말기에는 '먼지털이'라고 하는 낚시도 있었습니다. 이는 배 위에 서서 오다이바(御台場: 에도시대 말기에 에도 수비를 위해 세웠던 포대)로 부닥치는 파도가 거칠게 몰아치는 곳에 바늘을 던져 넣는 낚시였습니다. 강한 남풍을 맞아가며 여기저기 흩어진 돌덩이에 부딪혀 하얗게 이는 파도 거품 안으로 장대를 흔들어 먹이를 박아 넣기 때문에 낚으려면 낚이지만 대단히 노동적인 낚시였습니다. 그런 낚시는 이 당시엔 없었고 오다이바도 없었습니다. 그리고 또 지금은 방파 말뚝을 따라 떠다니며 낚는 흘림낚시도 있는데 이도 꽤 피곤해지는 낚시입니다. 낚시란 아무래도 물고기를 잡는 데 너무 빠져들면 품위도 없고 놀이도 힘들어지는 것 같습니다.

그런 낚시는 옛날엔 없었으며 수맥 안이나 수맥 근처에서 낚는 걸 수맥 낚시라고 불렀습니다. 바닷속에는 물이 자연히 흐르는 줄기가 있으므로 그 줄기를 따라 배를 조수에 맞쳐 확실히 멈춰 세운 뒤 낚시객이 뱃머리 자리 — 요컨대 뱃머리 쪽 가장 첫 칸 — 에서 건너편을 향해 반듯하게 앉아 낚싯대를 좌우로 팔자를 그리듯 흔들어 넣어 선수(舟首) 가까이 갑판 앞부분에 뻗어있는 섶(물고기가 많이 모이도록 물속에 쌓아둔 나무) 오른쪽에 오른쪽 장대, 왼쪽에 왼쪽 장대를 세워두고 장대 밑부분은 좀 어떻게 하든지 하여 각자 자신의 취향대로 가볍게 세워둡니다. 그리고 낚시객은 단정히 장대 끝을 바라봅니다. 사공은 낚시객 뒤쪽 다음 칸에서 마치 모시고 따라가는 모양새로 살짝 우현 쪽을 향해 선 채 우선 대기합니다. 볕이 비추든 비가 내리든 어느 쪽이든 물론 뜸으로 지붕을 이어둡니다. 바깥을 향한 배 들보와 뒤쪽 배 들보에 뚫린 구멍에 '가설 기둥'을 세우고 가설 기둥 둘에 마루를 걸쳐둔 뒤 첨차를 좌우로 맞춰 끼워 첨차와 첨차 사이를 나무장대로 줄줄이 잇고 그 위에 뜸을 얹었습니다. 뜸 한 장은 대개 다다미(疊: 일본 전통 바닥재로 한 장에 90×180cm) 한 장보다 살짝 큰데 사치를 부려 자(尺)를 늘인 뜸은 다다미 한 장보다 길이가 훨씬 깁니다. 그 뜸 넉 장으로 배 앞면 사이를 지붕처럼 이어서 긴 다다미 넉 장 방 천장처럼 실로 알맞게 당겨두면 뜸이 충분히 볕이나 비도 막아줘서 꼭 객실 같아지기 때문에 그렇게 그 뜸 아래, 즉 가장 앞칸 — 낚싯배는 보통 그물배와 달리 앞칸이 깊어 아주 제격입니다. 돗자리 따위를 깐 뒤 그 위에 깔개를 얹고 가부좌를 틀지 않은 채 단정히 앉는 것이 예법입니다. 고인인 나리타야(成田屋: 일본 전통 연극 가부키 배우 일문에서 대대로 내려받는 칭호)가 지금의 고시로(幸四郎: 가부키 배우 일가 칭호) 당시 소메고로(染五郎)를 데리고 낚시하러 나갔을 때 기예무대 위에서는 지시를 받들고자 해도 "맘대로 하시게." 하고 내버려 두며 가르치지 않더니 배 위에선 소메고로가 앉은 모습을 나무라며 "그렇게 바보같이 앉는 게 어디 있나." 하고 심하게 꾸중했다는 일화를 고시로 씨에게 직접 들었지만 숭어 낚시, 게이즈 낚시, 농어 낚시, 천박하지 않은 낚시는 전부 그런 식입니다.

그렇게 고기가 온다고 해도 또 도미류는 이를 낚으려는 사람들의 형편에 딱 맞는 어류라서 두 번 당긴다고 말하곤 하는데 가끔 한 번에 덥석 물어 장대를 끌고 가거나 할 때도 있긴 하지만 오히려 드문 경우이고 게이즈는 대개 한 번 낚싯대에 입질을 보여도 그 뒤 잠시 후에 진짜로 물기 때문에 장대 끝이 움직여서 왔구나 하고 생각이 들면 천천히 손을 장대 아래로 뻗어 다음 입질을 기다려야 합니다. 그 뒤 생선이 단단히 죄어올 때 오른쪽 장대면 오른손으로 줄을 당겨 대를 세우고 자신의 바로 뒤쪽으로 그대로 들고 가는데 그러면 뒤

쪽에 선 사공이 산대 그물을 반듯이 들고서 건져냅니다. 크지 않은 고기를 낚아도 그저 놀이니까 장대를 죽 올려 휘두르며 뒤편 사공 쪽으로 보냅니다. 사공은 고기를 건져 바늘을 뺀 뒤 낚싯배 한중간에 놓인 활어조에 고기를 집어넣습니다. 그리고 사공이 다시 먹이를 답니다. "나리, 달았습니다." 하고 말하면 장대를 다시 원래 방향으로 돌리며 노리는 곳으로 흔들어 넣게 됩니다. 그러므로 낚시객은 고급 삼베 예복을 입고서도 낚을 수 있다 하여 참으로 우아하게 귀인처럼 할 수 있는 낚시인 것입니다. 차를 좋아하는 사람은 교쿠로(玉露: 일본 고급 녹차류) 등을 넣어 차반을 옆에 두고 차를 마시다가도 상대는 두 번 당기는 도미이므로 익숙해지면 조용히 찻잔을 내려놓고 낚을 수 있습니다. 술을 좋아하는 사람은 조수가 움직이는 사이 술을 마시며 낚시를 합니다. 대개는 여름 낚시이기 때문에 아와모리(泡盛: 오키나와 전통 증류식 소주)나 야나기카게(柳陰: 누룩 등으로 빚어 소주를 섞어 만든 단맛이 강한 술) 등을 즐길 수 있고 오키미즈야(置水屋: 이동 가능한 다실) 만큼 크진 않지만 위아래 궤짝에 찻그릇 술그릇 식기를 갖추고 약간의 술안주 등도 넣어 두곤 합니다. 만사가 그런 방식이기 때문에 정말 놀이가 됩니다. 게다가 배는 고급 노송나무라서 잘 씻어내기만 하면 더없이 청결합니다. 더구나 시원한 바람이 솔솔 흐르는 바다 위 한쪽 뜸을 걷은 배를 멀리서 바라보면 바깥에서 보아도 자못 시원해 보이기 마련입니다. 푸른 하늘로 흘러 올라가듯 드넓게 바닷물이 뻗어 있고 그 위로 바람이 빠져나가는 그늘 속 한 척의 작은 배가 하늘에서 떨어진 한 장의 붕새 깃털처럼 둥실거리고 있기 때문에.

그리고 또 수맥 낚시가 아닌 낚시도 있습니다. 이는 수맥에서 고기가 잘 물지 않거나 할 때 생선이 꼭 뭔가에 가려진 곳으로 모이는 특성을 이용하여 낚는 낚시입니다. 새는 나무에서, 물고기는 걸림새, 사람은 정(情)의 그늘에, 라고 하는 '속요 가사'가 있는데 여기서 걸림새란 물속에 뭔가가 빽빽하게 모여 있어 그물을 던지기도 곤란하고 낚싯바늘을 넣는 것도 곤란하게 걸리적거려서 걸림새라고 부릅니다. 그 걸림새로 걸핏하면 물고기가 모여듭니다. 걸림새 앞쪽으로 다가가 아슬아슬하게 낚싯바늘을 던져 넣는 걸 걸림새 앞 낚시라고 부릅니다. 수맥이나 평지에서 낚이지 않을 때는 누구나 걸림새 앞으로 갑니다. 또 일부러 걸림새 앞으로 가려 하는 사람도 있을 정도입니다. 낡은 수표(水標), 쏨뱅이, 나의 낚싯배, 어살까지 몽땅 채비를 잃을지도 모른다고 미리 각오하고서 의젓하게 이리저리 취향대로 노닙니다. 이러나저러나 다이묘 낚시(大名釣; 신분 높은 무사인 다이묘가 시중을 받으며 유유자적하게 하는 낚시)라고 불린 만큼 게이즈 낚시는 몹시 사치스럽게 행해진 낚시입니다.

그런데 낚시의 운치야 그걸로 족하다 해도 역시 낚시의 근본은 물고기를 잡는 것이기 때문에 너무 잡지 못하면 놀이의 세계도 좁아집니다. 어느 날, 한 마리도 잡히지 않습니다. 잡지 못하게 되면 미숙한 손님은 자칫 뱃사공을 향해 투덜투덜 푸념하곤 하지만 이 사람은 그럴 정도로 천박하진 않은 사람이라 그날은 낚지 못했어도 평상시 같은 기분으로 돌아갔습니다. 그 다음날도 기일이라서 다음날도 또 그 사람은 기치 공을 데리고 나갔습니다. 그런데 물고기는 그야 물고기니까 가만히 있다가 먹이가 보이면 물 테지만 그렇지 않을 때도 있는데 어떨 때는 뭔가가 싫어서, 예를 들어 물이 별로라든가 바람이 싫다든가 혹 뭔가 불명의 이유로 그것을 꺼리거나 하면 먹이가 있어도 물지 않는 경우가 있는 법입니다. 하는 수 없죠. 이틀 내내 전혀 낚이지 않습니다. 조수가 낮을 때라면 몰라도 조수도 괜찮은데 이틀 내내 조금도 잡히지 않는 것은 낚시객은 그렇게 생각하지 않기로 했다고 해도 뱃사공에겐 재미가 없었습니다. 그것도 낚시객께서 낚시도 잘할뿐더러 인간적으로도 괜찮은 사람이라 아무 말 없이 가만히 있자 사공은 도리어 움츠러들었습니다. 도무지 어찌할 도리가 없었죠. 그런데 사공은 어떻게 해서든 오늘은 꼭 선물을 드리고 싶다고 생각했던 참이라 글쎄 여러 조수 흐름과 장소를 고려하여 이것도 해보고 저것도 해보았지만 도무지 잡히지 않습니다. 게다가 고기가 낚여야만 할 달이 뜨지 않는 대조(大潮) 날. 아무리 해도 잡히지 않자 기치도 결국 지쳐버려서,

"저 나리, 이것 참 이틀 내내 전부 던졌는데도 정말 면목이 없습니다요." 하고 말했습니다. 낚시객은 웃으며,

"뭐야 자네 면목이 없다니, 그런 투박한 말을 하는 장사꾼이 아니지 않나. 하하하. 좋네. 이제 돌아가는 수밖에 없겠어, 슬슬 가지 않겠나."

"예이, 한 군데만 더 보고 그러고서 돌아가시죠."

"한 군데 더라니, 이제 슬슬 나절이지 않은가?"

나절이란 아침 무렵을 아침나절, 밤 무렵을 저녁나절이라고 부릅니다. 점점 낮이 되어 가거나 밤이 되어 가거나 아침이 되어오는 시간대를 일컫는 말로 어쨌든 지금까지 물고기는 한 마리도 나오지 않았지만 나절이 된다고 갑자기 나오는 것도 아닙니다. 기치는 속으로 나절까지 잡고 싶었지만 낚시객은 짐짓 그 반대를 말한 것이었습니다.

"게이즈를 낚으러 와서 이렇게 밤이 되었는데 자네 한 군데 더라니, 그런 멍청한 말이나 하고 말이야. 이제 그만하자고."

"죄송합니다만 나리, 남은 한 군데만 후딱 보시고."

하는 식으로 낚시객과 사공의 대사가 뒤바뀌어 기치는 자신이 생각하는 방향으로 배를 끌었습니다.

기치는 전패로 끝낼 수 없다는 고집으로 배를 지금껏 정박해 본 적이 없는 장소로 끌고 가 신중한 태도로 '자리'를 정하며 바로,

"나리, 장대 한 자루를 뱃머리 바로 정면에 절묘하게 집어넣어 주세요." 하고 말했습니다. 이는 웅덩이 바깥 좌우 전면의 무시무시한 걸림새를 말하는 것이었습니다. 낚시객은 합심하여 "좋아." 하고 말하며 그 말 그대로 대단히 절묘하게 집어넣었지만 속으로는 그다지 마음이 내키지 않던 것도 부인할 수 없었습니다. 그리고 손에 들고 있던 장대를 막 내려놓으려 한 순간 고기 입질인지 쓰레기 입질인지 알 수 없는 입질이 ─ 대어 같으면서도 커다란 쓰레기 같은 입질이자 커다란 쓰레기에 대어 같기도 한 입질이 와서 입질이 보임과 동시에 두 번 당기지 않고 낚싯줄을 팽팽하게 잡아당겨 장대가 쑥 끌려갈 것만 같이 되어 낚시객이 장대 아래를 쥐고 살짝 돌려 바로 장대를 세로로 걸어 세웠습니다. 그런데 이쪽의 움직임이 건너편으로 조금도 통하지 않아 건너편의 힘만이 무자비하게 강했습니다. 장대는 이단 낚싯대로 보통보다

상등품이었지만 이음매 안쪽 부분에서 비직 하고 작은 소리가 나더니 낚싯줄이 툭 하고 어이없이 끊어지고 말았습니다. 물고기가 와서 걸림새에 단단히 걸려든 건지 큰 쓰레기가 걸려든 건지 애초에 보이지 않아 정체를 알 수 없었지만 기치는 이에 다시 한 번 패배하고, 게다가 장대가 망가지던 모습을 못 본 척할 수 없어 마음이 한층 더 어두워졌습니다. 이런 일도 없으리란 법은 없지만 숙련된 낚시객은 끝까지 '뒤늦은 잔소리' 따위 한마디도 없이 기치를 향해,

"돌아가자고 했잖나." 하고 웃어 말하며 일체의 상황을 '이제 돌아가라'라는 자연의 명령 탓으로 가볍게 흘려버리는 것이었습니다. "예이." 하고 말하는 것 외에 달리 방법이 없던 기치는 고분고분 자리를 빠져나와 배를 저으며,

"제 한판 도박이 멍청했습니다." 하고 소곤소곤 말하더니 한 손으로 살짝 자기 머리를 때리는 시늉을 하며 웃었습니다. "하하하." "하하하." 양쪽 모두 나쁘지 않은 배우로서 가볍게 웃어넘기며 제법 눈치 있게 막을 내릴 수 있었습니다.

바다에는 놀잇배는커녕 시선이 미치는 한 어떤 배도 보이지 않았습니다. 기치는 쭉쭉 노를 저어 나갔습니다. 밤이 너무 늦어지다 보니 조수 상태가 나빠져 있었습니다. 에도 쪽을 향해 노를 저어 갑니다. 그렇게 점점 가까워지는 육지는

이미 어두워져 멀리 에도 쪽에서 등불이 아른아른 보이는 듯 했습니다. 기치는 늦었지만 솜씨 좋은 사공이라 잇따라 가락에 몸을 맞춰 노를 저었습니다. 낚시객은 달리 할 일이 없어 단정히 앉은 채로 그저 멍하니 수면을 바라보고 있었는데 어른거리던 바다 잔물결도 점점 보이지 않고 처음에는 붉은 기가 어려있던 비에 젖은 하늘이 가물가물 거무스름해지고 있었습니다. 이런 시간대엔 하늘과 바다가 하나가 될 순 없어도 하늘의 밝기가 바다로 섞여들고 반사되던 기운도 전부 사라져 창망하고 어두운 물가는 그저 물가라는 사실밖에 알 수 없을 정도일 뿐, 그럼에도 물 위는 밝았습니다. 낚시객은 다소 무료하여 저 에도 등불은 어디 등불일까 하고 에도가 가까워지며 에도 방향을 바라보던 중 쓱 동쪽을 바라보자─막 저어나가는 곳은 약하긴 하지만 조수가 위에서 누르기 때문에 수맥에서 벗어난, 즉 물의 저항이 적은 곳으로 노를 젓고 있었는데 무심코 수맥 쪽을 바라보자 어두운 정도는 아니지만 퍽 진한 잿빛으로 저물고 있는 물속에서 불쑥 뭔가가 튀어나왔습니다. 에이 설마, 하고 생각하며 가만히 바라보는데 다시 뭔가가 폴짝 튀어나와 이번엔 다소 시간을 두고서 다시 되들어갔습니다. 갈대나 노위 종류로 보였지만 그렇다면 물 위에 떠서 평평하게 흘러 다녀야 할 텐데 꼭 얇은 봉

같은 게 묘한 박자로 휙 튀어나왔다가 다시 되들어갔습니다. 무슨 필요가 있는 건 아니었지만 수긍이 가지 않아서,

"기치야, 저기 저쪽에 뭔가 이상한 게 보이는데." 하고 조그맣게 말을 걸었습니다. 낚시객이 지그시 바라보는 시선의 행방을 살펴보자 마침 그때 휙 하고 얇은 무언가가 다시 튀어나왔습니다. 그리고 다시 되들어갔습니다. 낚시객은 이미 몇 번이나 봤던 터라,

"아무래도 낚싯대가 바닷속에서 튀어나오는 것 같은데, 뭐지?"

"그러네요, 뭔가 낚싯대처럼 보였는데."

"그치만 낚싯대가 바닷속에서 튀어나올 리가 없잖나."

"하지만 나리, 그저 보통 대나무 장대가 조수에 실려 굴러다니는 것과는 느낌이 달라서, 낚싯대 같은데 말이죠."

기치는 낚시객의 마음에 조금이나마 뭔가 흥미를 일으키고 싶다는 생각이 들어 배를 움직여 그 이상한 물건이 튀어나오는 방향으로 향했습니다.

"뭐야 자네, 그런 걸 봤다고 뭘 어떻게 할 수 있는 게 아니잖나."

"하지만 저도 뭔가 이상해서 살짝 후학을 위해."

"하하하. 후학을 위해서라면 어쩔 수 없지. 하하하."

기치는 낚시객을 개의치 않고 배를 끌고 갔는데 마침 그 순간 그 얇고 기다란 것이 기세 좋게 훌쩍 튀어나와 기치의 정면으로 뛰어들듯 나타났습니다. 기치는 한 손으로 살짝 막았지만 물보라가 얼굴로 쏴 튀겼습니다. 살펴보니 분명 낚싯대였지만 아래서 뭔가가 힘껏 끌어당기는 듯하여 느슨해지도록 손을 풀지 않고 훔쳐보며,

"나리, 낚싯대예요, 들포대죽(중국 남부에서 자라는 낚싯대로 애용하는 대나무)입니다. 좋은 물건 같은데요?"

"흠, 그래?" 하고 말하며 낚싯대 뿌리 쪽을 보다가,

"아니, 손님이잖아."

손님이란 익사자를 말하는 것으로 고기를 잡으러 나가거나 한 자가 때때로 그런 방문자와 마주치게 됨을 이르는 말입니다. 지금의 경우 손님임을 확인하여 달리 기쁠 것도 없기 때문에 "손님이잖아."라며, "그냥 내버려 둬."라고 말하지 않았을 뿐이었습니다. 그런데 기치는,

"아니, 그래도 좋은 장대인데." 하고 부족한 밝기 아래서 이리저리 살펴보며,

"포대죽 환(丸)인데." 하고 덧붙였습니다. 환이란 이음 장대로 만들어지지 않은 낚싯대입니다. 들포대죽은 말할 것도 없이 낚싯대용으로 매우 훌륭한 대나무인데 보통 낚싯대는

상태 좋은 들포대죽을 다른 대나무 장대에 연결하여 끝살로 사용합니다. 환이라 함은 한 대 전체가 들포대죽인 것입니다. 환이라서 좋다 할 이유는 없지만 환이면서도 상태가 훌륭하여 사용할 수 있을 법한 장대가 드물기 때문에 즉 좋은 물건이라고 말했던 것입니다.

"그렇게 말한다고 탐날 것 같나." 하고 어울려주지 않았습니다.

하지만 기치는 아까 낚시객의 장대를 엉망으로 만들었던 것도 품고 있었는지 장대를 잡은 채 꺾이지 않도록 가늠하며 쭉 잡아당겼습니다. 그러자 중부(中浮)하던 손님께선 나오지 않을 수 없었습니다. 중부란, 물에 빠져 죽은 자에게는 세 가지 형태가 있는데 수면에 뜨는 게 하나, 물 아래로 가라앉는 게 하나, 그 중간이 즉 중부입니다. 끌어 당겨진 사체는 낚시객이 앉아 있던 자리 바로 앞으로 튀어나왔습니다.

"쓸데없는 짓 하지 마, 내버려 두라고 했더니." 하고 말하면서도 눈앞으로 나왔기에 장대를 살펴보자 자못 상태가 좋아 보였습니다. 좋은 장대란 마디와 마디가 모양새 좋게 차례차례 적당한 비율로 뻗어 나가는 게 한 가지 조건입니다. 눈앞에 보이는 장대를 쭉 살펴보자 한눈에 보아도 알 수 있을 정도로 훌륭한 장대라서 무사도 무심코 장대를 쥐어보았

습니다. 기치는 낚시객이 장대로 손을 뻗는 걸 지켜보며 자기 쪽에서 모조리 쥐고 있을 수 없어,

"뺄게요."하고 말하며 손에서 장대를 놓아버렸습니다. 장대 아래에서 위쪽으로 한 자쯤 되는 곳을 쥐자 장대는 물 위로 전신을 늠름하게 드러내며 마치 명검을 뽑아낸 듯 아름다운 모습을 보여주었습니다.

쥐지 않았을 땐 아무렇지 않았지만 손에 들고 보자 장대에 대한 애착이 마구 솟아 일어났습니다. 여하튼 장대를 빼내기 위해 두세 번 흔들었지만 물속에서 단단히 쥐고 있어 빠지지 않았습니다. 이미 조금씩 조금씩 어두워져 가던 시간, 잘 보이지 않지만 손님은 뚱뚱하게 살쪘으며 눈썹이 가늘고 길어 단정한 모습이 겨우 보이고 귓불이 매우 넓으며 머리가 꽤 벗겨진 대략 예순에 가까운 남자였습니다. 입고 있는 건 아마 옥색에 무늬가 없는 솜 면직물인듯, 거기에 얇은 삼베 깃이 달린 땀받이를 속에 받쳐 입고 띠는 무엇인지 잘 알 수 없지만 빙글 몸이 움직이자 하얀 버선을 신은 모습이 눈에 스며들어 보여왔습니다. 모습을 살피자 가령 목검이라든지도 한 자루 차고 있고 인롱 하나까지 허리에 차고 있는 자의 모습이었습니다.

"어쩌지."하고 작은 목소리로 무심코 말하자 한 줄기 저

녁 바람이 휙 불어와 낚시객은 몸 어딘가가 서늘해지는 기분이 들었습니다. 버리자니 찜찜하고 가지자니 물속 주인이 목숨을 걸고 거머리처럼 쥐고 있었습니다. 주저하는 모습을 보며 기치가 다시 말했습니다.

"그거야 나리, 손님께서 들고 가신들 삼도천에서 낚시할 것도 아닐 테고, 가져가시는 게 어떠실지요?"

그래서 다시 흔들어 보았지만 도무지 아주 꽉 쥐고 좀처럼 놔주지 않습니다. 죽어도 놓지 않을 기세로 너무 꽉 쥐고 있어 빼낼 수 없습니다. 라고 해도 날붙이를 꺼내서 빼낼 수도 없죠. 새끼손가락으로 단단히 낚싯대를 쥐고, 그것도 포대죽마디 부분을 쥐고 있어 좀처럼 빠지지 않았습니다. 하는 수 없이 시부카와류(澁川流; 에도시대 때 개창된 유도 종파로 상대의 손을 직접 쥐어틀어 제압)랄 것도 없지만 엄지손가락을 걸어 힘껏 빼내 버렸습니다. 손가락이 떨어져 나간 그 순간 옛 주인은 조수 아래로 떠밀려 가버리고 장대는 이쪽에 남겨졌습니다. 잠시나마 싸워 준 자신의 손바닥을 충분히 씻어내고 휴지 서너 장으로 닦은 뒤 그대로 바다에 던지자 하얀 종이뭉치가 영혼이라도 가진 듯 땅거미 속으로 둥실둥실 흘러가 이윽고 보이지 않게 되었습니다. 기치는 돌아가는 길을 서둘렀습니다.

"나무아미타불, 나무아미타불, 아니 도대체 어떻게 된 걸까. 아무래도 그물 낚시꾼이 틀림없겠지?"

"예에, 그렇죠. 분명 본 적도 없는 사람이니. 그물낚시라고 해도 혼조, 후카가와(深川) 강, 마나베(真鍋) 강가나 만넨(万年) 근처에서 갈팡질팡하던 사람 같지도 않고, 상류 쪽 무코시마(向島)나 좀 더 위쪽 그물 낚시꾼일 겁니다."

"역시 감이 좋아, 자네는 정말 말을 잘해, 그렇게."

"에이 저건 아무것도 아닙니다요. 중풍인 게 틀림없어요. 그물낚시를 하면서 이상한 곳에 쪼그려 앉아 낚시하거나 하다가 커다란 고기를 끌어당긴 순간 중풍이 나서 굴러 떨어져 버리면 그만 끝나는 거죠. 그래서 중풍 기운이 있는 사람은 평지가 아닌 곳에서 그물낚시를 하면 안 된다고 옛날부터 그랬는데. 물론 중풍이면 어디든 좋을 턱이 없지만요, 하하하."

"그런 거려나."

그렇게 그날은 돌아갔습니다.

으레 내리는 강가에 도착해 낚시객은 장대만 들고 집으로 돌아가려 했습니다. 기치가,

"나리, 내일은?"

"내일도 나가기로 하긴 했었는데, 쉬기로 해도 괜찮네."

"아뇨 비가 너무 내리지만 않으면 저가 마중 나가겠습니다."

"그래?" 하고 말하며 헤어졌습니다.

다음 날 아침 일어나보자 곳곳에 비가 내리고 있었습니다.

"아, 이 비를 머금고 있느라 요 이삼일 동안 고기잡이가 안 좋았던 건가. 아니면 적조라도 떠다니나."

약속하긴 했지만 이렇게 비가 내리면 녀석도 오지 않겠지, 하고 하릴없이 집에서 책을 읽는데 한낮이 가까워져 기치가 찾아왔습니다. 뜰 입구로 돌아 들어오게 했습니다.

"나리 글쎄 나서실지 어쩌실지 아리송하긴 했지만 배를 끌고 왔습니다. 이 정도 비는 바로 갤 게 분명해서 찾아왔어요. 모시고 싶다고 말을 꺼낼 수 없을 정도로 별 볼 일 없는 이후지만."

"아아 그래 잘 와줬어. 아니 요 이삼일 자네를 헛수고로 고생시켰는데 마지막에 장대를 얻을 수 있었으니 그것참 이상한 일이야."

"장대를 얻는다는 건 낚시꾼에겐 길조니까."

"하하하 하지만 그래도 비가 내리는 중엔 나가고 싶지 않아. 비가 멈출 때까지 쉬고 있지 않겠나."

"예이. 그런데 나리, 그건?"

"그거 말인가. 보게, 바깥 상인방 위에 올려두었어."

기치는 주방 쪽으로 나가 걸레 대야에 물을 길어 왔습니다. 꼼꼼히 씻고 나서 살펴보자 역시 아무리 봐도 훌륭한 장대. 두 사람은 가만히 서서 조사하는 마음으로 찬찬히 살펴보았습니다. 우선 그렇게 젖었다면 무거워야 할 텐데 조금도 물을 머금은 것 같지 않다고 그때도 느꼈지만 지금도 역시나 가볍습니다. 그러므로 이 장대는 물을 조금도 머금지 않도록 고안되어 있다고밖에는 할 수 없습니다. 그리고 마디 둘레의 훌륭함 또한 견줄 바가 없습니다. 그 뒤 기둥줄 구멍 근처를 살펴보자 어설픈 세공임은 틀림없지만 그럭저럭 솜씨 좋게 다듬어져 있습니다. 그리고 가장 두꺼운 손잡이 부분을 보자 살짝 세공이 들어가 있습니다. 세공이라 해도 별건 없지만 작은 구멍을 뚫고 그 사이로 뭔가를 집어넣은 듯 다시 막혀 있습니다. 뒷줄이 달린 흔적도 없습니다. 뭔지 알 수 없습니다. 그 외 달리 특이한 점도 없습니다.

"굉장히 희귀하고 좋은 장대야, 그리고 이렇게 상태가 좋은 들포대죽은 본 적이 없어."

"그렇죠, 원래 들포대죽이 무거운 놈인데 말입니다, 이놈이 무거워지면 안 되니까 그래서 고안한 게 대나무가 아직 들에서 자라고 있을 때 살짝 칼집 같은 걸 낸다거나 상하게 해서 완전히 자라지 않게끔 한쪽에 상처를 내는데 오른쪽이면 오른쪽, 왼쪽이면 왼쪽 한쪽에 상처를 내는 걸 한쪽 뜬집(浮巢), 양쪽에서 공격하는 걸 양쪽 뜬집이라고 하죠. 그렇게 해두면 대나무가 성숙해져도 충분히 자라지 못해서 가벼운 대나무가 되는 겁니다."

"그건 자네도 나도 알곤 있지만 그래서 뜬집 대나무는 쪼그라든 것처럼 생김새가 멋없지 않나. 이건 그렇지 않아. 도대체 어떻게 만든 건지. 자연히 이런 대나무가 자랐던 걸까."

좋은 장대를 원한다면 낚시꾼은 대나무가 자라는 대숲을 직접 찾아가 대나무를 골라서 매매 계약을 하고 자기 방식대로 키우는 법입니다. 누군들 그런 대나무를 찾으러 갑니다. 다소 낚시에 경력이 쌓이면 그렇게 되기도 합니다. 당나라 시기 온정균(溫庭筠)이란 시인은 원체 난봉꾼에 오만하고 품행이 나빠서 어쩔 도리가 없는 사람이었지만 낚시에서만큼은 어린아이같아서 직접 낚싯대를 만들기 위해 배 씨라는 자의 숲속 깊이 들어가 좋은 대나무를 찾던 시가 있습니다. '한 가닥 길 서로 굽고 곧으니, 가시나무 띠풀 또한 이미 무성하다'라는 구가 있으므로 구불구불 구부러진 좁은 길, 띠와 가시나무를 가르고 숨어든 것입니다. '버젓이 찾은 선연한 마디, 자르고 깨뜨린 푸른 대나무 뿌리'도 있으므로 일일이 이 대나무 저 대나무 살피며 돌아다녔단 겁니다. 당나라 시대엔 낚시가 매우 성행하여 오늘날까지도 설 씨 연못이라는 낚시못 이름이 남아있을 정도이므로 낚싯대 가게도 잔뜩 있었을

42

텐데 당시 떠받들어지던 시인이 몸소 직접 대숲을 기어들어가서까지 마음에 드는 장대를 얻으려 했다는 것도 좋아하는 길이라면 골몰하게 되는 도리입니다. 나카라이 보쿠요(半井卜養)라고 하는 교카(狂歌; 에도시대 유행한 풍자어린 단가)꾼의 교카 중 '우라시마(浦島; 거북을 살려주고 용궁을 다녀왔다는 전설 속 어부)가 낚싯대로 쓰려 해도 담죽 마디는 꾸물꾸물 늘지도 않고 줄지도 않네'라는 가사가 있는데 담죽 장대 따위에는 그다지 관심도 동하지 않지만 서른여섯 마디가 있다 하여 그 마디를 크게 칭찬하고 있다, 그런 식입니다. 그렇게 취미가 높아져 갈수록 좋은 물건을 찾기 위해 괴롭게 골몰하게 되는 것도 자연스러운 기세입니다.

두 사람은 점점 장대에 빠져들며 바라보던 사이 죽어서도 놓지 못하던 그 노인의 마음을 차차 이해하게 되었습니다.

"아무래도 이런 대나무는 이곳에선 보이지 않으니까 다른 지역 물건일지도 모르겠네요. 그렇다 한들 두 칸(間; 길이 단위) 남짓이나 되는 걸 들고 오기도 힘들 테고. 하릴없이 놀던 사람인지 뭔지 알 수 없지만 멋대로 놀러 다니던 와중에 중풍이 생긴 거겠죠, 아무튼 좋은 장대야." 하고 기치는 말했습니다.

"그런데 자네, 기둥줄 구멍을 살필 때 뭔가 있지 않았나, 앞쪽에 달린 실을 둘둘 말아서 웃옷 두르개 주머니 속에 넣어버렸잖나."

"아 그건 걸리적거리니까요. 게다가 아침에 그걸 보고서야 이쪽 사람이 아니겠다는 생각이 들었죠."

"무슨 이유로?"

"어떻게 해서든 점점 얇아지게 연결해 두었어요. 점점 얇아지게 연결했다는 건 첫 부분은 두껍게 하고 그 뒤로 차차 얇기를 다시 그보다 얇게 하여 점점 얇아져 가는 거죠. 이런 귀찮은 방식은 가가(加賀) 지역 같은 곳에서 은어를 낚을 때 제물낚시 바늘 등을 써서 낚는데 그때 낚싯바늘이 제대로 물 위로 떨어져야 해서, 낚싯줄이 먼저 떨어지고 그 뒤에 낚싯바늘이 떨어지면 안 돼요, 그러면 물고기가 오질 않죠, 그래서 점점 얇아지는 낚싯줄을 마련하는 겁니다. 어떻게 만드느냐 하면 가위를 들고 가서 상태가 좋은 백마 꼬리, 경주마가 되지 않은 놈으로 받아 옵니다. 그리고 그걸 두부 지게미로 위에서부터 꼭꼭 차례차례 문댑니다. 그럼 투명하게 비칠 듯이 깨끗해지죠. 그걸 열여섯 번 오른쪽이면 오른쪽으로 꼬는데 처음엔 잘 안되더라도 조금 익숙해지면 수월하게 할 수 있으니 한쪽으로 계속 꼽니다. 그렇게 하나를 만들죠. 그다음 이번엔 횟수를 줄여서 앞서 오른쪽으로 꼬았다면 이번에는 왼쪽 한쪽으로 꼬아 만듭니다. 순서대로 횟수를 줄여서 좌우를 번갈아 맨 마지막엔 하나가 되도록 연결하는 거죠. 제가 가가에서 온 낚시객에게 들어서 기억하고 있었는데 말이죠, 서쪽 사람들은 생각이 자잘해요. 그게 정석입니다. 이 장대는 은어를 노릴 때 쓰는 것도 아니고 누에고치 실로 만들긴 했지만 세심하게 확실히 순서대로 줄여가며 얇아지게 해두었어요. 이 사람도 낚시에 꽤나 애썼네요. 끊길 곳을 확실히 해두려고 그렇게까지 하는 거니까. 그물낚시라면 더욱 그렇죠, 어떤 곳이든 개의치 않고 박아 넣어야 하는데 처넣은 곳에 걸림새가 있으면 걸려들고 말거든요. 그래서 장대를 애지중지하고 더구나 일을 빨리 진척시키려고 장대가 부러지려 하기 전에 이음새부터 낚싯줄이 끊기도록 해두는 겁니다. 가장 앞쪽 얇은 곳부터 끊어질 테니 그렇게 그걸 장대 힘으로 산출하면 장대에게 무서울 건 아무것도 없겠죠. 어떤 곳에 처넣어도 걸려들지만 않는다면 장대가 부러지는 게 아니라 줄이 끊어질 뿐이니까요. 그 뒤 다시 바로 바늘을 달면 되는 겁니다. 이 자가 장대를 아꼈다는 건 솜씨 좋게 점점 가늘어지도록 한 것만 봐도 확실히 알 수 있어요. 아마 새끼손가락에 그렇게 힘을 주고 놓지 않던 것도 뭐 죽더라도 장대와 함께 죽겠다는 거겠지만 그렇게 아낀 장대라면 무리도 아니죠."

등등하고 말하던 사이 비가 개었습니다. 나리는 거실, 기치는 부엌에서 내려와 점심식사를 마치고 늦었지만 "다녀오세요." "다녀올게." 하고 말한 뒤 집을 나섰습니다. 물론 그 장대를 들고 나갔는데 자리로 가기까지 나리는 새로 솜씨 좋게 스스로 채비를 점점 얇아지게끔 만들어 두었습니다.

자 그렇게 나와서 낚시를 시작하자 이따금 비가 내렸지만 전과는 달리 낚이고, 또 낚이고, 터무니없이 조황이 좋았습니다. 쉼 없이 낚느라 결국 밤이 되어서야 낚시가 끝나고 어제와 같은 저녁 즈음이 되었습니다. 그리고 "이제 낚시도 파해야겠어." 하고 말하며 기둥줄 고리에서 줄을 빼내 집어넣은 뒤 장대는 뜸 뒤쪽에 올려두었습니다. 차차 돌아오는데에도 쪽에서 다시 드문드문 등불 불빛이 보여 오는 듯했습니다. 낚시객은 어제부터의 일을 떠올리며 손가락을 꺾어 얻었으므로 이 장대를 '굴지(屈指; 손가락을 구부리다, 손꼽을 정도로 훌륭하다)'라고 이름 붙여야 하나 생각하고 있었습니다. 기치가 척척 노를 저어 나아가는데 부지런히 노를 젓는 바람에 노를 다는 못이 말라갔습니다. 말라버리면 노를 젓기 힘들기 때문에 앞쪽에 있던 국자를 쥐고 바닷물을 길어 묘하게 몸을 비틀며 못 주변에 싸악 부었습니다. 에도 앞쪽 사공은 꼭 이런 식으로 붓는데 시골 사공은 그렇게 하지 않습니다. 몸을 비틀며 높이서부터 못을 노려 싸악 물을 뿌리면 바로 그때 못이 위를 향했습니다. 능숙하게 뿌리는 그 모습에서 우키요에 (浮世絵; 에도시대 유행한 풍속화) 취향의 기상이 보였습니다. 기치가 몸을 묘하게 비틀며 싸악 물을 끼얹었고 몸을 막 원래 방향으로 돌리며 문득 바라보자 마침 어제와 비슷하게 어둑해진 즈음, 동쪽에서 어제와 마찬가지로 갈대 같은 무언가가 깡충깡충 보였습니다. 어라, 하고 말하며 사공이 그 방향을 가만히 바라보고, 앞칸에 앉아 있던 낚시객도 사공이 어라, 하고 말하며 저편을 바라보고 있어서 그쪽을 바라보자 어둑해진 바닷속에서 깡충깡충 어제와 똑같은 대나무가 튀어나왔다가 되들어가고 있었습니다. 설마 이건 싶어 수긍이 가지 않자 사공도 깜짝 놀라며 나리는 눈치 채셨나 하고 돌아보자 나리도 사공을 쳐다보았습니다. 서로 뭔가 영문을 알 수 없는 기분이 들던 그때 오늘은 다소 미지근한 저녁 바닷바람이 동쪽에서 불어왔습니다. 그런데 기치는 갑자기 강한 척을 하며,

"뭐야, 이전하고 똑같은 게 저기서 나올 리가 없잖아, 장대는 여깄으니까. 그쵸, 나리? 장대는 여깄지 않습니까?"

괴이함을 보고 괴이하다고 하지 못하는 용기로 이상한 걸 보고서도 '여기 장대가 있으니 아무것도 아니다'라는 의미에서 한 말이었지만 사공도 살짝 몸을 구부려 장대 쪽을 엿봅니다. 낚시객도 머리 위의 어둠을 엿봅니다. 그러자 이미

어두워지고 뜸 뒤편이라 장대가 있는지 없는지 거의 알 수 없습니다. 도리어 낚시객은 사공의 이상한 표정을 바라보고 사공은 낚시객의 이상한 표정을 바라봅니다. 낚시객도 사공도 이 세계가 아닌 세계를 상대의 눈 속에서 찾아내고 싶은 듯한 눈빛으로 서로에게 보였습니다.

　장대는 당연히 그곳에 있었지만 낚시객은 장대를 꺼내, 나무아미타불, 나무아미타불 하고 말하며 바다로 돌려보내고 말았습니다.

관화담(觀画談)

아주 오래전 일로 어떤 사람에게서 기분 묘한 이야기를 들었던 적이 있다. 그리고 지금까지도 그 이야기를 잊지 않았지만 인명과 지명은 이미 이젠 숲속의 모닥불 연기처럼 어디론가 알 수 없는 곳으로 놓쳐 사라져 버렸다.

이야기해 준 사람의 친구 중 아무개라는 남자가 있었다. 그 남자는 지극히 보통 사람에 됨됨이가 좋은 편으로 만학이긴 했지만 대학도 가까스로 2학년까지 이르게 되었다. 이렇게 말하는 것은 그 남자가 애초에 극심한 빈가에서 태어났기 때문에 뜻대로 스승을 구하여 학교에 진학할 수 없어 시골 소학교를 졸업한 뒤 곧장 자취 생활로 들어가 소학교 교사를 돕거나 마을 역소 말단 관리 같은 일을 하는 등 이런저런 곤궁 근면의 표본 그 자체와 같은 세월을 보내며 자기 공부를 해나간 지 수년이 지난 끝에 학문도 점점 진척되어 가고 사람들에게도 점점 인정받기 시작해 어느 정도 연줄도 생겨 마침내 상경하여 역시나 입지편(立志篇: 청년들의 면학과 그 고된 책임을 다룬 1890년대 교과서)스러운 고행의 날을 거듭해가며 대학에도 들어갈 수 있게 됨에 이르러서 동창 중 최연장자―인 정도가 아니라 대여섯 살이나 연상이었던 것이다. 개미가 집을 짓듯 느릿느릿한 행동을 고지식하게 취해왔기 때문에 험난한 세상살이 응수에 지친 주름이 벌써 이마에 파이고 마음속에도 아직 다른 학생에겐 생기지도 않은 주름이 져 있었다. 하지만 대학에 있는 동안만의 비용을 유지하는 저금뿐만 해도 무시무시하게 검약 근면하여 마련하고 있었기 때문에 본인으로선 비로소 진짜 학생이 된 듯한 기분이 들어 실로 청정순수하고 갸륵한 희열과 긍지를 품고 여념 없이 석학(碩學)의 강의를 들으며 풍부한 도서관에 들어가 자질구레한 일들에 방해받지 않고 밤낮 내내 몸담아 충분히 공부할 수 있다는 점을 무엇보다도 즐거워하며 이른바 '면학의 가취(佳趣)'

에 빠져들어 만족을 느끼고 있었다. 그래서 다른 어리고 순진한 동창생으로부터 대기만성 선생이라는 별명, 나이 차이와 늙은이 같은 태도 때문에 얻게 된 별명을 겁먹은 듯한 미소로 감수하며 태연히 독자적인 일개 위치를 차지한 채 재학하고 있었다. 실제 대기만성 선생의 재학 태도는 그 동창들의 순진한 다르게 말하자면 저급하고 또한 무의미하게 먹고 마시는 생활이나, 활발한 다르게 말하자면 청년다운 용기 누설에 지나지 않는 운동 유희 교제에서 벗어난 걸 제외하면 그 누구에게도 비난받을 점이 없는 훌륭한 태도였다. 그래서 동창생들도 이 사람을 멀리하면서도 자연스레 속으로는 존경하게 되어 심각한 장난광 한두 명 외에는 무언의 동정을 보내는 데 인색하게 굴지 않았다.

그런데 만성 선생은 다년간의 노고가 빛을 발하여 앞날이 평탄 광명하게 보여 오는 듯해 마음가짐이 느슨해진 건지, 혹 다소 도가 지나친 면학 때문인지 어쩐지 알 수 없지만 안타깝게도 불명의 병이 그를 덮치게 되었다. 그즈음은 이제 막 세간에 신경쇠약이라는 병명이 알려지기 시작하던 시기였지만 정말 이른바 신경쇠약이었던 건지, 혹은 정말 만성위장 병이었는지, 아무튼 의학 박사들의 진단도 몽롱하고 사람에 따라 상이한 불명의 병이 덮쳐서 만성 선생은 점점 쇠약해져 갔다. 절약하던 예산밖에는 없었기 때문에 본인은 남보다 배로 고민했지만 도무지 병을 이길 수 없었기 때문에 얼마 안 있어 학업을 내려놓고 심신 보양에 힘쓰는 게 좋다는 권고를 따라 곧장 산수가 청한(淸閑)한 곳에서 활기로 가득 찬 천지의 호연지기를 들이쉬기 위해 도쿄의 속세를 뒤로했다.

이즈(伊豆)나 사가미(相模)의 환락지 겸 휴양지에서 노닐 정도로 여유가 있는 신분은 아니었기 때문에 보소(房総) 해안을 처음에 선택했지만 해안은 너무 시끄럽고 복잡한 기분이 들어 만성 선생의 마음이 끌리지 않았다. 그렇다고 하여 고향의 잡초 무성한 촌락에 병든 몸을 이끌고 돌아가고 싶지도 않았던 듯 야슈(野州) 조슈(上州)의 산지나 온천에서 하루 이틀, 혹은 사흘 닷새간 그곳 흰 구름 바람을 따라 떠돌며 가을하늘에 나부끼듯 정처 없이 떠도는 몸속에 시름시름 앓는 마음을 품고서 모수자(毛繻子)로 만든 커다란 양산에 빛바랜 제복, 오직 튼튼하기만 한 박스화라는 분장을 하고 5리 7리씩가는 날도 있고 또 기차로 10리 20리를 가는 날도 있는 걷잡을 수 없는 만유(漫遊)의 여행을 이어나갔다.

가여워 마땅한 만성 선생, 주머니 안에서 절로 돈이 생길리도 없는 몸이라 아무쪼록 쥐어짠 주머니를 들고 물가가 높지 않은 지방, 사치스럽지 않은 숙소들을 옮겨 다니며, 또 기회나 인연이 닿으면 손님을 소중히 아끼며 모시는 호가(豪家)나 마음을 놓을 수 없는 산사 따위에 의지해가며 결국 후쿠시마 현, 미야기 현까지 빠져나와 오슈(奧州)의 어느 변두리 산중으로 들어가게 되었다. 선생 극히 진지한 사내였기 때문에 하이쿠(俳句; 계절어를 특징으로 하는 일본의 단시조) 따위는 시건방지고 불량한 노인들의 완구라고 생각했고 패사소설 따위를 읽는 것은 죄악같이 생각해 쓰레즈레구사(徒然草; 요시다 겐코의 수필로 일본의 명수필로 꼽힘)조차 그렇게 뛰어나진 않다, 라고 평했을 정도라서 꽤나 지루한 여행이었지만 그럼에도 그나마 다행이었던 점은 조금이나마 한시를 썼기 때문에 이를 여행 중 유일한 즐거움 삼아 석양지는 산길과 새벽바람 부는 들길을 적적히 걸어 다니고 있었다.

가을에는 일찍이 오슈 어느 산간 혹은 난부(南部) 영토, 큰 도로란 이틀 길 사흘 길이나 되는 길이 모로 꺾여 들어가는 터무니없는 벽촌의 어느 절을 마음에 두고 그 남자는 학처럼 야윈 병구(病軀)를 옮기고 있었다. 여행 중 알게 된 유랑자로서 그때 딱 마침 만난 그 사람은 율시 한두 장(章)쯤도 앉은 자리에서 지을 수 있고 미법산수(米法山水; 송나라 시대의 산수화 양식)나 회소(懷素; 중국 당나라 시대의 서예가로 초서체로 유명) 느낌의 초서체로 흰 맹장지를 먹칠해낼 정도의 재주 가진 걸 밑천

삼아 여행에서 여행으로 선생 노릇을 하며 옮겨 다니던 인물인데 그가 그 절을 알려주었다. 자네가 그런 사정으로 걸어다니고 있다면 이러이러한 곳에 이런 절이 있네, 유서는 깊지만 지금은 가난한 절로 그 절 경내에 작은 폭포가 있는데 그 폭포 물이 비할 데 없는 영천(靈泉)이지. 양로(養老)의 영천은 모르지만 꽤나 알려진 영천이라 그 폭포에 이르려고 굳이 굳이 2, 30리를 가는 경우도 있고 또 그 폭포에 이를 수 없는 자는 절 근처 민가에 부탁해 그 물을 길어다가 데워서 목욕하는 자도 있는데 신기하게도 오랜 병이 낫거나 특히 의사도 정체를 알 수 없던 불명의 병 같은 것도 낫곤 해서 전해져 오는 증거만 해도 얼마든지 있어. 자네의 병은 도쿄의 명의들이 유람을 떠나면 나을 거라고 하여 또 자네도 즐거운 기분으로 뛰노는 것도 아니고 촌구석이나 어슬렁어슬렁 걸어 다닐 뿐이니 차라리 그곳에 놀러 가보게나. 주지라고 해도 목면 법의에 어깨띠나 메고 고구마밭 보리밭에 똥 주걱이나 휘두르고 다닐 법한 스스럼없는 놈에다 그 제자로 두 살배기 동자가 있을 뿐이니 하루에 20전이나 30전 정도만 내면 절에서 묵게도 해주겠지. 허름하고 기울어가긴 하지만 행랑 정도야 아무렴 나쁘진 않을 테니 그곳에 진을 치고 매일 목욕물을 데워 요양하면 묘해질 게야. 경치도 이렇다 할 건 없지만 그윽하고 조용해서 꽤 괜찮은 곳이야. 라고 하는 이러저러한 이야기를 듣고서 어쩐지 기분이 내켜, 잘 생각해보면 픽 엉뚱하고 기이하긴 해도 애써 알려준 그 절을 마음에 두고서 산속으로 들어왔던 것이었다.

길은 꽤 거대한 골짜기를 따라 올라가고 있었다. 양쪽 산 벼랑은 어느 땐 오른쪽이 멀어지다가 왼쪽이 멀어지다가, 또 어느 땐 오른쪽이 닥쳐오다가 왼쪽이 닥쳐오다가, 때론 양쪽이 한꺼번에 닥쳐오며 한줄기 물이 아득히 멀리 거암 아래로 흰 물보라를 튀기며 치솟아 흐르곤 했다. 어떤 곳은 길이 강 건너편으로 옮겨 가게 되어 있어 눈이 핑핑 돌 것 같은 급류를 가로지르며 놓인 위태로운 외나무다리를 건넜다가, 또 잠시 후 비슷해 보이는 다리를 다시 건너거나 하며 나아갔다. 무시무시하게 커다랗고 높다란 바위가 앞길을 가로막고 서 있어 저 앞으로 가야 하나 의심하며 불안한 길을 더듬어 올라가자 바위벽으로 실 가닥 같은 길이 간신히 붙어 있어 어쩔 수 없이 마치 개미나 꽂게 같은 꼴을 하고 길을 통과한 뒤 한숨을 놓으며 어째서 이런 사람도 마주치지 않는, 이른바 궁벽 경지까지 오게 된 건지 다소 후회가 들지 않을 수 없어 어둑할 정도로 우거진 거목 그늘 아래에서 숨을 돌리며 밝아지지 않는 마음의 침묵을 이어나가는데 히-잇, 머리 위에서 이름 모를 새가 의미를 알 수 없는 노래를 던져 떨어뜨리곤 했다.

　마침내 길이 완만해지자 강 건너편에는 무시무시하게 높은 암벽이 놓여 있고 그 아래로 냇물이 흐르며 이쪽은 산이 자연히 열려 층을 이룬 산속 밭이 아주 약간 보이고 좁쌀이나 수수가 이삭을 늘여놓았나 싶었지만 토끼가 망쳐놓은 듯 완전히 엉망이 된 콩밭에 이미 잎도 떨구고 검게 말라버린 콩이 쓸쓸히 우는 듯한 모습으로 서 있고 그 너머로 꾀죄죄하고 경사가 급한 초가집이 두세 채씩 띄엄띄엄 서글프게 보여 왔다. 하늘은 아까부터 어슴푸레했는데 쌀쌀한 바람이 사-앗 불어 내려온 순간 참나무인지 떡갈나무인지 누런 잎이 공중에서 흩날리며 떨어져 내려와 동시에 나뭇잎에 맺힌 물방울뿐만 아니라 진짜 빗방울도 똑똑 떨어지기 시작했다. 골짜기 윗부분을 올려다보자 엷은 흰 구름이 쑥쑥 몰려오며 순식간에 산봉우리를 갉아먹더니 바위를 갉아 먹고 소나무를 갉아 먹고 건너편 커다란 바위벽마저 금세 한 폭의 그림처럼 갉아 먹으며 좋은 경치를 보여주었으나 펼쳐 들고 있던 양산 위까지 덮쳐 쏟아질 듯 구름이 낮게 흘러 내려와 버틸 수 없을 정도로 세찬 장대비가 쏟아지기 시작해 숲속의 나무들도 목소리를 더하여 별 볼 일 없는 이 산속에 들어온 타지인을 괴롭히기라도 하려는 듯 덮쳐왔다. 만성 선생도 역시나 마음속으로 두려움이 들어 살짝 달려나갔는데 다행히 가장 첫 농가가 바로 눈에 띄어 툭툭툭 달려가서 농가 봉당(土間; 실내와 현관을 구분 짓는 일본 전통 가옥의 흙마루 공간)으로 뛰어들자 우산이 건드려 입구 처마에 가로댄 장대에 걸려 매달려 있던 옥수수 한 묶음이 투–둑 떨어진 순간 봉당 구석 절구 근처에 웅크리고 앉아 있던 듯한 하얀 정원 새 두세 마리가 캬악캬악 놀란 소리를 내며 달려나가기 시작했다.

뭐여,

하고 느릿한 목소리가 나더니 봉당 왼쪽 거실에서 고개를 내민 건 60대인지 70대인지 알 수 없는, 기름기 없는 백발에 불을 붙이면 활활 타오를 것같이 덥수룩한 산발 머리를 한 노파로 주름투성이에다 누런 얼굴을 한 노파였다. 멋쩍게 우산을 쥐어짜며 살짝 인사를 한 뒤 절의 위치를 묻는 만성 선생의 머리 위에서부터 부들부들 물을 떨구는 우산 앞까지를 훑어보던 노파는 그래도 이 근처에선 잘 보이지 않는 검은 양복의 사내 학생에게 존경을 표하며 그 어떤 기분 나쁜 핀잔 한마디도 없이,

저 위로, 위로 올라가면은 곧바로 절 앞이 나오요, 여기는 소위 몬젠(門前; 절이나 신사 앞 시가) 촌이니까 민가만 빠져나가

면 바로 절이 나올게요.

예를 표한 뒤 대기만성 씨는 그 집을 나왔다. 빗발은 점점 더 거세졌다. 우산을 펼쳐 들며 뒤를 돌아보자 목각 같은 얼굴을 한 노파가 계속 이쪽을 보고 있었는데 묘하게 그 얼굴이 눈에 익어 들어왔다.

띄엄띄엄 서 있는 일고여덟 채 집 앞을 지났다. 어느 집이나 사람이 없는 듯 고요했다. 그곳을 빠져나오자 과연 절 문이 보였다. 풀이 자라는 기와가 막 비에 젖어 더없이 낡고 무겁게 보였지만 아무튼 그 옛날의 어지간히 훌륭했던 모습이 그립게 연상되면서도 동시에 지금의 빛바랜 모습이 분명하게 드러나고 있었다. 문으로 들어가자 절 내는 생각외로 확락(廓落)하고 드넓으며 소나무인지 삼나무인지 알 순 없지만 무시무시하게 커다란 나무를 지금으로부터 몇 년 전에 베어 낸 듯한 커다란 그루터기 자리 위로 막 내리고 있는 빗방울이 찾아와 그곳에 그런 게 있었다고 보여주고 있었다. 오른편에는 종루가 있고 살짝 높은 기초 주위로는 바람이 불어 마른 나뭇잎이 누렇게 혹은 붉게 눅눅한 색깔을 띠고 있고 중간 정도 크기의 종은 점점 짙게 저물어가는 저녁 풍경 사이로 종 아랫부분에서 녹청빛을 뿜어내며 용두(竜頭: 종을 매다는 용 모양을 한 꼭지) 쪽은 어슴푸레함 속으로 잠겨 들어 일종의 장엄함을 드러내며 적막하게 매달려 있었다. 이만한 절이라서 지붕과 용마루 높은 본당이 보일 법도 했지만 화재 때문인지 어쩐지 눈에 들어오지 않고 야트막한 곳에 절간 부엌 건물이 있을 뿐이었다. 그쪽을 향해 가보자 딱 본당 불전이 있을 법한 위치에 몇 개 되지 않는 초석이 보이고 친절한 빗방울이 떨어질 때마다 그곳을 방문하는지 지금도 그 방문을 맞이하여 감사와 기쁨의 눈물을 흘리는 듯 기둥뿌리가 박힌 구멍에 물이 가득 고이는 것도 가능해 보였다. 경내가 이상하도록 활짝 트여있는 이유도 그렇게 수긍이 가며 마땅히 있어야 할 것들이 사라져 가고 있구나 등등을 생각하며 부엌으로 들어갔다. 정면은 커다란 덧문이 꽉 닫혀있고 주방문 같은 곳이 열려 있어 들어가 보자 휑하니 널따란 봉당에 봉당 건너편 구석으로 커다란 흙덩이가 보였는데 그곳에서 입구 바로 근처까진 썩은 듯한 흙투성이 짚신이 두 켤레, 낡은 나막신 두세 켤레, 특히 이빨이 빠진 나막신 하나가 거꾸로 뒤집혀 배를 내놓고 죽은 것처럼 나뒹굴고 있는 모습이 만성 선생에게 쓸쓸한 생각을 자아내게 했다.

실례하오,

하고 그다지 크지 않은 목소리로 말했으나 휑한 봉당에 울려 퍼졌다. 하지만 그 때문에 먼지 한 톨 날리지도 않고 아무런 소리 없이 고요했다. 바깥은 쏴-아 하고 비가 내리고 있다.

실례하오,

하고 다시 불렀다. 목소리가 울려 퍼졌다. 답은 없다. 쏴-아 하고 비가 내리고 있다.

실례하오,

하고 세 번째로 불렀다. 목소리는 부른 사람의 귀로 울려 퍼져 돌아왔다. 하지만 답은 어디서도 들리지 않았다. 바깥은 그저 쏴-아 하고 비가 내리고 있다.

실례하오.

다시 불러보았다. 아무리 지나도 예와 같이 아무런 반응이 없었다. 다소 초조해져 다시 불러보려 한 그때 어디선가 족제비인지 커다란 쥐인지가 움직이는 듯한 소리가 들렸다. 그러자 곧이어 인기척이 나더니 왼편 계단 위쪽에 느슨하게 닫혀있던 커다란 미닫이문이 덜컥덜컥 열리고서 쥐색 무명의 얼룩진 옷차림에 흰 쥐 같은 허리띠를 이른바 스님말이처럼 둘둘 둘러매고 다섯 푼(分: 길이 단위)으로 깎은 게 아니라 다섯 푼 정도까지 기른 듯한 머리에 열여덟, 열아홉 정도의 서생 혹은 동복(童僕) 같은 젊은 승려가 나왔다. 유랑에 꽤 익숙해진 만성 선생도 여기서 숙박 사절이라도 당한다면 안 된다고 생각해 찾아온 이유를 요령 좋게 척척 이야기하며 흰 종이로 싼 얼마간의 돈을 강요하듯 건넸다. 젊은 승려는 그래도 중이라는 듯,

잠시만,

하고 짐짓 점잔을 빼며 인사를 유보해두고 안으로 들어갔다. 안쪽이 꽤 깊은지 아무런 소리도 들리지 않는다. 바깥으론 비가 솨-아 내리고 있다.

봉당 안쪽 다른 방향에서 소리가 나는 듯싶더니 젊은 승려가 다른 문을 통해 봉당으로 내려오며 작은 대야에 물을 길어 들고 왔다.

뭐 어쨌든 추스리고 올라오십시오.

됐다 하고 생각한 만성 선생은 흙 묻은 신발을 벗고서 발을 씻은 뒤 안내받은 대로 올라갔다. 다실로 보이는 입구 방은 커다란 화로가 가로질러 놓인 열다섯, 열여섯 장 방이었다. 그 방을 통과하자 폭 한 장에 대여섯 장 다다미가 길게 놓여 입구 통로를 마주 보는 듯한 어슴푸레한 방으로 이어졌는데 다실에서도 그 방에서도 곳곳에서 발걸음을 내디딜 때마다 푸욱푸욱 부드럽게 떠오르는 마루 대청에서 이상한 소리가 났다.

도착한 곳은 열 장 정도의 방으로 커다랗고 낮은 책상이

가로로 눕혀져 있었는데 이쪽을 향해 고개를 돌린 건 나이 마흔 정도에 볕에 타 붉은 얼굴을 한 건장한 돼지 중으로 붉은빛과 자색빛을 띠는 괴상할 정도로 화려하지만 이미 다 낡아빠진 널찍하고 두꺼운 이불 위에서 작고 둥근 눈을 있는 대로 힘껏 부릅뜨며 버티고 앉아 있었다. 밀짚모자를 씌우면 꼭대기에서 춤을 출 듯한 빌리켄(머리가 뾰족하고 정수리가 붉은 복신상으로 쓰텐카쿠通天閣 타워에 전시되어 있었음) 머리에 열매가 잘 여물어 있고 이자 또한 한 푼으로 깎은 게 아닌 한 푼자란 머리카락 사이로 두터워 보이는 붉은 두피가 비쳐 보였다. 그리고 비교적 작으면서도 대단히 단단해 보이는 머리를 잘 발육하여 둥글둥글 살이 찐 돼지같이 넓적한 어깨 위에 콱 박아 넣은 듯한 꼴을 하고서 살랑살랑 바람 부는 버들같이 방으로 들어온 대기만성 씨를 향해 한 자루 검을 꽉 쥐고서 겨냥한다는 자세로 견고한 시선을 던졌다. 만성 선생은 다소 주눅이 들었지만 본래 정직한 군자와 인자에겐 적이 없기 때문에 두려워하지 않고 태연하게 앉아 내의를 간단히 전하며 이곳을 알려준 유랑자 이야기를 했다. 고승은 그 이름을 듣자 이해했다는 듯 갑자기 자세를 풀며,

아아, 그 바람 따라 나는 까마귀(風吹烏; 바람을 따라 여기저기 옮겨 다니는 자를 가리키는 말)한테 들으셨던 건가. 잘 오셨소. 언제

까지고 머무시게. 어느 방이든 비어있는 방에 편하게 짐 푸시고. 그 대신 비는 조금 샐지도 몰라. 침구류도 얼마든지 있고, 솜이 굳었으려나. 대접할 건 없지만 주객평등이라 생각하시게. 조카이야, 〈가설해 둔〉 목욕탕 물은 몬젠촌 야헤이 영감한테 말해 둬라. 내일부터 매일 데우게 해. 공짜로는 아니고, 하루에 3전씩은 주도록 이야기하고. 지쳤겠구먼. 다리 뻗고 휴식할 수 있도록 해드려라.

조카이는 여닫이문을 열고 뜰을 바라보는 툇마루 쪽으로 인도해 나갔다. 뒤따라 툇마루를 꺾어 돌자 같은 뜰을 마주 보는 서넛 정도의 아무런 장식도 없는 공실이 겨우 광선만 통하게 하려고 낸 듯한 마루 쪽 문을 끼고 세 치, 네 치 정도밖에 떨어져 있지 않아 안쪽이 벌써 대단히 어두워 보였다. 이 방이 괜찮겠다는 조카이의 말을 따라 방 앞에 서자 조카이는 그곳만 덧문을 밀어 열었다. 뜰의 나무들은 전부 비로 번민하고 있었다. 아까보다 거세진 비가 어마어마한 양으로 내려 지그재그로 굽은 낡아빠진 차양에서 빗물이 너저분하게 쏟아져 내리고, 바라보자 처마 끝에 자란 석위풀이 빗방울에 두들겨 맞으며 잘못했어, 잘못했어 하고 연신 고두(叩頭)질하는 모습이 나타나다가 숨거나 하곤 했다. 비로 막힌 하늘은 그렇지 않아도 어두웠지만 밤이 이미 바싹 다가와 있었다. 꽤 넓은 뜰의 건너편은 이미 어두워져 어슴푸레하다. 그저 빗소리만이 솨-아 하고 공허에 가까운 만성 선생의 마음을 가득 메웠는데 문득 정신이 들자 솨-아 하는 소리 외에 또 다른 솨-아 하는 소리가 들리는 듯했다. 주의를 기울여 들어보면 분명 다른 소리가 있다. 저 주변인가 하고 그 다른 소리가 들리는 방향의 빗물 안개 자욱한 근처로 고개를 돌려 눈길을 주자 벌써 스스럼없어진 조카이가 어깨를 살짝 건드리며,

소리가 들리는 저곳이 폭포죠, 목욕물로 데워 들어가실 물이 떨어지는……

하고 말을 끊었다가 잠시 간격을 두고,

비가 심하게 내려서 지금은 잘 보이지 않습니다만 날이 개면 뜰 풍경의 일부가 되어 보여 올 거예요.

하고 말했다. 뜰 왼쪽 구석에는 과연 산모퉁이가 뻗어 나와 있고 그 울창한 수목 안쪽에서 한줄기 물이 떨어지고 있는 듯했다.

밤이 되었다. 다실로 불려가 고승과 만성 선생과 조카이는 식사를 함께했다. 정말로 대접은 없었다. 차가운 보리밥에 무잎을 넣은 된장국과 짜게 졸인 우엉조림과 정체를 알 수 없는 푸성귀 소금 절임과 소금 무침뿐이었지만 밥상만은 긁힌

자국투성이긴 해도 검게 칠한 소와젠(宗和膳; 네다리 밥상으로 에도시대부터 밥상으로 주로 사용)이며 손님 대접용이긴 하나 젓가락은 노란색으로 서툰 칠을 한 대나무 젓가락으로 기분 꺼림칙한 젓가락이었다. 조카이는 속세와 접촉할 기회가 적은 산속의 젊은이라 처음 온 손님에게 뭔가 새로운 이야기를 듣고 싶어했지만 고승은 다른 사람이 원하면 어쩔 수 없으니 자신이 가진 이야기에 인색하게 굴지는 않았지만 다른 사람에겐 아무것도 바라는 게 없다는 듯한 태도로 딱히 잡담을 듣고 싶지도 걸고 싶지도 않다는 듯 식사를 마치고 난 뒤 셋이서 잠시 차를 마시는 동안에도 달리 이야기를 끌고 나가려 하지 않아 만성 선생은 그저 이 절이 예전에는 훌륭한 절이었다는 점과 절의 뜰 앞에는 아주 옛날부터 계곡물이, 그 계곡물 건너편은 높은 바위벽이 서 있다는 점, 뜰 왼편에도 산이 있다는 점, 절과 몬젠촌 근처 일대는 하나의 큰 분지를 이루고 있다는 점 정도의 지형에 관한 개요를 겨우 얻어들었을 뿐이었으나 조카이도 고승도 때때로 바람에 쏴-아 장대비 소리가 들리면 살짝 어두운 표정으로 눈을 맞추어 그 모습이 마음에 걸렸다.

대기만성 씨는 정해 받은 방으로 물러났다. 튼실한 솜 침구가 내어졌다. 하릴없는 몸을 바로 그 속에 눕히고 머리맡 램프 불을 살짝 켜둔 채 누웠지만 어쩐지 잠들기가 힘들었다. 다실 넓은 곳에 어슴푸레한 램프 불빛, 뭔가의 그림자들이 제각각 떠다니는 듯한 기분이 드는 적적한 방 안으로 빗소리가 들리는 가운데 간소한 식사를 묵묵히 마치던 광경이 눈앞으로 떠오르고 자신이 어쩐지 지금까지의 자신이 아니라 다른 세계의 다른 자신이 된 것만 같은 기분이 들어 설마 죽어서 다른 세계에 왔구나 싶지는 않았지만 어쩐지 지금껏 느껴본 적이 없는 기분이 들었다. 하지만, 무슨 시시하게, 하고 고쳐 생각하고 다시 잠들려 해도 역시 잠들 수 없다. 비는 무서운 기세로 내린다. 흡사 태고부터 영겁의 미래까지 커다란 강줄기가 흘러가듯 비가 쏟아져 내려 자신의 생애 중 어느 한 날에 내리는 비가 아니라 상주불멸(常住不滅)로 내리는 빗속으로 자신의 짧은 생애가 잠시 끼어들기라도 한 것처럼 내리고 있다. 그래서 또한 그것이 신경 쓰여 잠들 수 없다. 쥐가 놀라게 하거나 개가 짖어주기라도 한다면 좋겠다 싶을 정도로 다른 어떤 소리도 들리지 않는다. 주지승도 젊은 승려도 없는 듯이 고요하다. 아니, 절대 우리의 오관이 지배하는 세계에는 없다. 세계란 광대한 곳이라고 평소 생각하긴 했지만 지금은 어떤가, 세계란 그저 이런

　쏴-아

하는 소리에 지나지 않는 듯하다가 다시 생각이 바뀌어 이 쏴-아 하는 소리가 곧 세계인 걸까 싶던 사이 자신이 태어났을 때 처음으로 내질렀던 응애응애 소리도, 다른 사람이 으악 하고 내지르던 소리도, 그리고 자기가 책을 읽고 다른 아이들이 책을 읽고 노래를 부르고 즐거워하고 웃기도 하고 화가 나서 소리를 지르고 빽빽 꽥꽥 휙휙 칭얼칭얼 훌쩍훌쩍 이런저런 짓들로 소란을 피우고 다니던 그 모든 음성도, 그러더니 말이 울고 소가 울고 차가 덜컹거리고 기차 소리가 울려 퍼지고 기선이 물결을 몰아치는 그 모든 소리도, 마루 사이로 바늘 하나가 떨어지는 희미한 소리도 모두 남김없이 하나가 되어 저 쏴-아 하는 소리 속으로 들어가 있구나 하는 기분이 들다가 조용히 귀를 기울이자 분명 저 한 줄기 쏴-아 하는 소리 속에 그 여러 가지 소리가 확실히 존재하고 있음을 확인하고서 아아 그랬던 건가 등등하고 생각하던 사이 어느샌가 쏴-아 하는 소리도 들리지 않고 듣는 자도 형태가 사라지며 그렇게 잠으로 빠져들었다.

갑작스레 수면이 무너뜨려 졌다. 만성 선생은 눈을 뜨자 세계가 붉은빛과 노란빛으로 채워진 것처럼 느껴졌지만 그건 자신이 어슴푸레하다고 생각했던 것과 달리 방안에 램프도 밝혀져 있고 또한 다른 제등 따위도 자신의 베갯머리에 밝혀져 있어 잠들던 때와 크게 달라진 점들이 잠이 덜 깬 눈으로 비친 인상이었음을 알 수 있었다. 그런데 살펴보자 고승에 젊은 승려까지 자신의 베갯머리에 서 있다. 무슨 일이 일어난 건지 그 의미를 알 수 없었다. 의아한 기분이 들어 아무 말 없이 벌떡 일어나 앉은 채 두 사람을 바라보자 젊은 승려가 먼저 입을 열었다.

주무시고 계시는 중 깨워드려 죄송합니다만 엊저녁부터 내린 비가 점점 더 굵어져서 계곡물이 졸지에 흘러넘쳐 왔습니다. 아시다시피 산중의 홍수란 무시무시하게 빨라서 이미 경내조차 물밖에 보이지 않아요. 물론 물이 넘쳤다고 큰일이 나는 건 아니지만 이곳 계곡물 원류가 굉장히 넓은 완경사 고원 지대거든요. 옛날엔 밀림 지대라 무슨 일도 드물었지만 십여 년 전에 모조리 벌채해버린 탓에 허허벌판이 되고 말아서 한 번 소나기라도 내리면 계곡물이 엄청 거세지는데 이미 저희 절 불전도 첫 홍수 때 떠내려온 거목과 충돌하여 그만 한쪽 모서리가 부서지는 바람에 결국 파괴되어 버렸어요. 그 뒤로 상류에 거목은 전부 사라져서 물난리가 몇 번이 나도 큰일 날 것도 없고 나는 게 빠른 대신 빠지는 것도 빨라서 바로 다음 날이면 아무 일 없이 멀쩡해집니다. 그래서 어제부터 내린 비로 계곡물이 넘쳐버렸지만 물은 어느 정도에서 멈

출지 예상할 수 없어요. 하지만 저희는 이제 익숙하기도 하고 이곳을 지키는 몸이니 도망치지도 않지만 공께선 조금이라도 위험 — 은 없겠지만 불필요한 걱정은 끼쳐드리고 싶지 않아서요. 다행히 뜰 왼편 높은 곳, 저 작은 폭포가 떨어지는 낮은 산 위가 절대 안전지라 그곳에 우리 절 은신처 초가가 있습니다. 지금 그곳으로 옮겨주셨으면 합니다. 제가 직접 안내하겠습니다, 서둘러 준비해주셔요.

라며 후반부는 어느새 명령조로 빠르고 능수능란하게 지껄였다. 그 뒤 고승은 예의 작고 둥근 눈을 힘껏 부릅뜨며,

무릎까지 물이 차오르면 걷지를 못하니까 서둘러 몸 채비를 하시게.

하고 내쫓듯이 경고했다. 대기만성 선생은 잠시도 버티지 못하고 허리를 들려버렸다.

예, 예, 친절하시게도 감사합니다.

하고 다소 허둥지둥하며 떨고 있는 게 아닐지 스스로도 면목 없을 정도로 초라한 대답을 하면서 황급히 옷을 입고 채비를 했다. 물론 어깨에 멜 살짝 큰 가방과 보따리 짐 하나, 양산 하나, 모자뿐이라 채비는 바로 끝났다. 젊은 승려는 제등을 들고 앞장섰다. 그제서야 비로소 복장을 살펴보자 여전히 이전의 쥐색 옷이었지만 예의 봉당 근처로 가보자 그곳에

도롱이와 삿갓이 준비되어 있었다. 젊은 승려는 우선 부지런히 혼자서 뒷자락을 높게 들어 도롱이를 잽싸게 걸쳐 입은 뒤 대기만성 씨를 도와 도롱이 하나를 입히고 대나무 삿갓을 씌운 뒤 그 끈을 단단히 매주었다. 너무 단단하게 묶어서 입을 열 수 없을 정도로 퍽 아팠지만 말없이 견디자 젊은 승려는 자신도 삿갓을 쓰고나서,

자아,

하고 말하며 앞장섰다. 제등 불빛은 휑하니 넓고 어두운 부엌에 가련하고 작은 위광을 연약하게 휘둘렀다. 바깥은 새카맣고 빗소리는 예와 같이 쏴-아 하고 들린다.

조심하시게.

고승이 친절하게 말했다. 바지를 높게까지 바짝 걷어붙이고 낡은 짚신을 신겨 받은 대기만성 씨는 어디로 가는지 알 수 없는 새카만 암흑의 빗속을 젊은 승려를 따라 나아갔다. 바깥으로 나오자 화들짝 놀랐다. 빗발이 옆으로 들이닥치고 바람도 불고 있다. 강물 소리 같은 어쩐지 으스스한 불명의 소리가 들린다. 뜰 방향으로 도는 듯했는데 건물을 살짝 벗어나자 과연 벌써 물이 흘러온다. 발 뒤쪽이 지독하게 차갑다. 엄지발가락이 잠기고, 복숭아뼈가 잠기고, 발목이 전부 잠기고, 장딴지 근처까지 잠기자 계곡 쪽에서 흘러오는 물

의 위력이 제법 더욱 또렷하게 다가온다. 공기도 한층 더 차가워져 밤비의 위세가 바짝 몸으로 죄어온다. 발은 무섭도록 차갑다. 발바닥이 아프다. 온몸이 부들부들 떨리기 시작해 멈추지 않는다. 알 수 없는 아픈 뭔가에 발가락을 부딪쳐 대기만성 씨가 위태롭게 넘어지려 하자 젊은 승려가 붙잡았는데 그 순간 제등이 툭 흔들려 움직이며 도롱이 털을 타고 흐르는 빗방울에 빛을 반짝 비춘 순간 빗물이 들어갔는지 물방울에 닿았는지 축 하고 꺼져버렸다. 바람 소리, 빗소리, 강물 소리, 수목 소리, 이제 천지는 다만 검은 옻칠을 한 듯한 새카만 암흑 속으로 쏴-아 하는 소리를 내고 있을 뿐이다. 만성 선생은 울고 싶어졌다.

괜찮습니다, 이제 와서 돌아갈 수도 없고 제등을 다시 켜는 것도 불가능하니까 우선 쓰고 계시지 않은 그 양산을 꺼내주세요. 네, 네. 제가 이쪽을 잡을 테니 그쪽을 잡으시고, 절대로 놓치시면 안 됩니다. 저는 어두워도 갈 수 있으니 겁내실 것 없습니다.

하고 조카이 선생은 실로 믿음직스러웠다. 평상시 보통 고집이 아닌 만성 선생도 여기까지 이르러선 타력종(他力宗; 다른 본원을 종지로 하는 종파)이 되어버려 이제 세상에 의지할 건 그저 양산 하나, 그 양산의 이쪽은 자신이 쥐고 있지만 저쪽은 정말로 친절한 사람이 쥐고 있는 건지, 여우나 너구리가 쥐고 있는 건지, 둔갑한 요괴나 악마 같은 류가 쥐고 있는 건지, 이런지 저런지 조금도 알 수 없는 새카맣고 새카만 암흑 속을 아무튼 그 양산을 애지중지 의지하며 따라 걸었다.

물이 점점 다리에 닿지 않게 되었다. 비탈길을 오르게 된 듯하다. 곧이어 점점 경사가 급해졌다. 언덕길로 접어든 게 확실해졌다. 빗속에서도 폭포 소리가 귀 가까이 들렸다.

이제 여기만 오르면 됩니다. 좁은 길이라 저도 길이 아닌 곳으로 발을 디딜지도 모르지만 구르지만 않도록, 풀이나 나무에 긁혀도 까지는 정도니 놀라지 않으셔도 됩니다. 넘어지시면 안 돼요, 슬슬 가겠습니다.

예에, 고맙소.

하고 목소리가 온통 떨렸다. 어째선지 좀처럼 발이 앞으로 나가지 않는다.

이래선 정말 인간에게 눈이 있어 봤자 아무런 소용도 없네요, 장님 쪽이 훨씬 편하겠어요, 앗하하하하. 저도 작은 나뭇가지에 긁혀 어지간히 다쳤습니다. 앗하하하하.

하고 조카이 놈은 아니나 다를까 불단 잿밥으로 끼니 세 번을 마쳐온 놈답게 대선사(大禪師)스러운 말을 했지만 만성 선생은 그저 벌벌 와들와들 떠느라 비평의 여지 따위는 완전히 목구멍을 지나서 무서운 것들이 똥이 되기 전까지는 있을 수도 없었다. ("목구멍만 지나면 뜨거움을 잊는다"라는 속담표현으로 괴로움도 때가 지나면 잊힌다는 뜻)

길이 내내 잇따라 너무 급하고 또 너무 좁아서 가슴이 내려앉을 것만 같던 만성 선생은 마침내 왼손이야 우산을 잡고 있지만 오른손은 아픈 것 더러운 것 등등 마다할 수 없어 한 걸음 한 걸음 지면을 더듬어 마치 사족 짐승이 세 발로 걷는 듯한 모습이 되어 걸어나갔다. 꽤 오래 걸은 듯했지만 고생 중에는 시간이 더 길게 느껴지는 법이니 실제로는 별로 지나지 않았을 것이다. 하지만 마을 하나 이상은 올랐음이 틀림없다. 마침내 완만한 고갯길에 들어 다 올랐나 하고 생각한 순간,

자아, 왔습니다.

하고 조카이가 말했다. 그리고 그 찰나 들고 있던 양산의 한쪽을 놓아버렸다. 그렇게 대기만성 씨는 무엇 하나 알 수 없는 암중에 완전히 고립되어 말없이 돌 지장처럼 꼼짝 않고 비를 맞으며 멍하니 서서 다음 맥박, 그다음 맥박을 세는 듯한 기분이 드는 동시에 다음 맥이 뛸 때 전개될 일을 그저 무작정 기다릴 뿐이었다.

젊은 승려는 그 근처에서 뭘 하고 있는지 잠시 기척이 끊

겼지만 곧이어 덜컹덜컹하는 소리가 났다. 덧문을 연 게 틀림없다. 그리고 잠시 뒤 칫칫 소리가 들리더니 불이 확 나타나자 그가 어느 건물 봉당에 쪼그려 앉아 성냥을 쥐고 제등초에 불을 붙이는 모습이 드러났다. 넷, 다섯 개의 성냥을 버리고서야 겨우 불을 붙였다. 가시나무 혹은 산초나무 따위에 긁힌 듯 빗물로 젖은 뺨에서 피가 흘러 이곳저곳에 묻어있었고 그 자리로 촛불 빛이 비쳐 대단히 섬뜩했다. 간신히 그쪽으로 다가간 만성 선생이,

다치셨어요, 이거 어쩌죠.

하고 말하자 젊은 승려는 수건을 꺼내 여기죠? 하고 말하며 얼굴을 문질렀다. 긁힌 부위가 다소 컸을 뿐 깊게 다친 건 아니었다.

서두르려 하는 건지 젊은 승려는 바로 수건으로 진흙 묻은 발을 대강 닦더니 제등을 켠 채 안으로 쑥쑥 들어갔다. 넉 장 반 다실에 한 자 두 치 정도의 작은 화로가 놓여 있고 그을린 대나무 갈고리에 작은 찻주전자가 검은빛을 내며 매달려 있는 모습이 보인 순간 젊은 승려는 몸을 숙여 경건한 태도를 보이다가도 곧장 경계를 가르는 맹장지를 열어 그다음 방으로, 이른바 틈입하려 했다. 봉당에서 쭈뼛쭈뼛 들여다보던 대기만성 씨의 눈으로 여섯 장 정도 방에 두꺼운 방석

을 깔고 죽은 듯이 우두커니 앉아 있는 노승이 보였다. 채색한 석고상 같아서 살아있다고는 생각할 수 없을 정도였다. 은 같은 머리카락이 다섯 푼 정도 자라있고 홀쭉한 윤곽에 단정한 얼굴을 한 칠십 정도의 말라비틀어진 자였는데 갑작스런 틈입에도 꼼짝하지 않고 전혀 놀라는 기색도 없이 태연자약한 태도로 마치 지금껏 깨어있기라도 했다는 사람만 같았다. 특히 만성 선생이 놀란 건 조카이가 그 노인에게 아무런 말도 하지 않는다는 점이었다. 노승이 앉은 주변으로 램프를 점화하고 되돌아온 조카이는 대기만성 씨를 위로 끌어 올리려 했다. 대기만성 씨가 황급히 발을 닦고 올라가자 노승이 가느다란 눈으로 그의 얼굴을 지그시 응시했다. 만성 선생은 불쑥 인사말도 나오지 않고 영문도 모르는 채 고개가 공손히 숙어져 버렸다. 그리고 고개를 들어 올리자 조카이가 연신 손을 흔들어 산기슭 쪽의 어둠을 가리키며 뭔가를 하고 있었다. 노승은 고개를 끄덕였지만 한 마디도 꺼내지 않았다.

조카이는 이리저리 손가락을 움직였다. 진언종(眞言宗) 결인(結印; 진언종 수도자가 손가락을 여러 모양으로 구부려 부처의 깨달음을 표현하는 방식)을 엄청나게 빠른 속도로 하여 만성 선생은 어안이 벙벙해져 눈만 끔뻑거리고 있었다. 노승은 아주 천천히 고개

를 가볍게 끄덕였다. 그러자 조카이는 만성 선생을 향해,

이 분은 귀가 전혀 안 들리셔요. 하지만 자비가 깊으신 분이시니 안심하세요. 그럼 저는 가보겠습니다.

하고 말해두고 처음의 거침없던 태도와는 사뭇 달리 노승에게 공손히 인사했다. 노승은 가볍게 고개를 끄덕였다. 대기만성 씨에게도 살짝 고개를 숙이자마자 젊은 승려는 차분하지만 시원한 태도로 제등을 들고 봉당으로 내려와 도롱이를 쓴 뒤 금세 문밖으로 나와서 문을 조용히 당겨 닫고는 날아갈 듯이 떠나버렸다.

대기만성 씨는 실로 희한한 생각이 들었다. 이 노승은 깨어 있던 걸까 잠들어 있던 걸까, 한밤중 새카만 어둠 속에서 좌선이라는 걸 하고 있던 걸까, 앉아서 자고 있던 걸까, 오늘 밤만 우연히 이러고 있던 걸까, 늘 이러는 걸까 하고 의아해했다. 물론 이미 통달한 경지에선 생사 사이 난관조차 사라지고, 하물며 깨고 잠들 것도 없이 앉는 것과 일어나는 것도 하나가 되어 버리기 때문에 비구로서는 결코 무기(無記)의 잠에 빠져서는 안 된다는 것, 불설이수경(佛說離睡經: 잠을 멀리하는 방법을 설명한 불경)에서 설파한 그대로라는 점도 알지 못했다. 또 아무리 젊은 사람이라도 죽을 때를 제외하곤 겨드랑이를 아래로 붙여 몸을 눕히지 않는 사람이 있다는 사실도 알지 못

했기 때문에 만성 선생이 깜짝 놀란 것도 무리는 아니었다.

노승은 만성 선생이 무슨 생각을 하는지 일절 무관심했다.

○○씨 자 램프를 들고 저쪽으로 가서 편히 쉬시게. 서랍 안에 뭔가가 있을 테니 꺼내서 걸치게나. 막 3시가 지난 정도일 거야.

하고 노승은 안을 가리키며 아주 차분하고 다정하게 말했다. 대기만성 씨는 자연히 고개가 숙어져 그 말을 따를 수밖에 없었다. 램프를 손에 들고 쭈뼛쭈뼛 일어섰다. 그 뒤엔 다시 새카만 암흑이 되겠지만 이러니저러니 하는 건 도리어 괜한 실례가 되는 것 같아 그대로 자리에서 일어나 장지를 열고 안으로 들어갔다. 그곳 역시 여섯 장 정도의 넓이였다. 칸막이를 꽉 닫고 그곳에 있던 조그만 책상 위에 램프를 올려놓은 뒤 마찬가지로 그곳에 있던 작은 방석 위에 몸을 눕히자 비로소 안도하여 자신으로 돌아온 듯한 기분이 들었다. 동시에 추위가 극심하게 몸으로 스며들어 온몸이 와들와들 떨렸다. 뭔가 맥이 빠졌지만 점점 침착해지자 ○○씨, 하고 자신의 성을 불린 게 몹시 마음에 걸렸다. 젊은 승려도 알려주지 않았다면 자신도 이름을 대지 않는데, 특히 아주 귀가 먹었다더니 어떻게 안 걸까 싶었기 때문이었다. 하지만 그야 조카이가 손가락 끝으로 얘기했겠지 하고 해석하자 일단 해석이 마무리되었다. 자볼까, 이대로 노승 흉내를 내며 새벽이 올 때까지 기다려볼까 하고 뭔가가 들어있을 거라던 서랍 같은 걸 바라보며 잠시 공상하다가 정신이 들어 시계를 꺼내보았다. 시계 침은 3시를 조금 지나있었다. 3시를 조금 지났으므로 3시를 조금 지나있었다. 놀랄 것도 없지만 대기만성 씨는 또 놀랐다. 가만히 시계 문자판을 바라보다 끝내 시계를 꺼내 램프 아래 작은 책상 위에 올려 두었다. 초침이 칫, 칫, 칫, 칫 소리를 냈다. 소리가 나서 소리가 들린다. 놀랄 것도 없지만 대기만성 씨는 또 놀랐다. 그리고 왠지 모르게 가슴이 철렁했다. 그러자 창밖 빗소리가 쏴-아 하고 이어졌다. 시계 소리는 홀연히 사라졌다. 눈으로 보고 있는 초침의 움직임은 멈추지 않고 정확한 발걸음으로 움직이고 있었다.

어쩐지 이상한 기분이 들어 고개를 들어 방 안을 둘러보았다. 램프 불빛이 흐릿하게 위쪽을 비춰 그을린 편액이 걸려 있는 모습이 눈에 보였다. 덜 떨어진 글씨로 어떤 구절이 쓰여 있다. 한 글자씩 주의를 기울여 읽어보자,

교류수불류(橋流水不流)

라고 쓰여 있었다. 다리가 흐르고 물은 흐르지 않는다, 다리가 흐르고 물은 흐르지 않는다, 그러니까, 다리가 흐르고 물은 흐르지 않는다, 하고 입안에서 다뤄보며 가슴 속으로

곱씹어보자 문득 낮에 건넌 가설 다리가 흉흉하게 흐르는 계곡물 위로 가로질러 놓여 있던 광경이 눈앞으로 떠올랐다. 물은 거침없이 쏟아져 흐르고 다리는 불안하게 가로질러 있다. 다리가 흐르고 물은 흐르지 않는다. 그래서 어떻다는 건지 알 수 없다. 조용히 생각에 잠기자 불쑥 누군지 알 수 없지만 엄청나게 커다란 목소리로

다리가 흐르고 물은 흐르지 않는다

하고 그의 귀 옆에서 소리를 지르는 놈이 있어 쾅 울렸다.

문득 대기만성 씨는 스스로가 우스웠다. 이게 뭐야, 아무튼 이런 이상한 문구니까 편액 따위에 쓰이는 법이지, 하고 제쳐두고서 다시 그 근처를 둘러보자 도코노마(床の間; 움푹 파인 벽 한쪽에 불단과 그림, 화병을 장식해두는 일본 전통 건축양식)가 아닌, 한 변이 7, 8척 정도 되는 넓이의 벽이 있는 곳에 그 벽을 조금도 남기지 않을 정도로 커다랗고 오래된 두루마기 그림이 착 달라붙어 있었다. 무언가 가는 선으로 그려져 있는 족자로 얼핏 보면 뿌연 연기가 낀 것만 같았다. 붉은색, 녹색, 청색 등 다양한 채색이 들어가 있었지만 어떤 그림인지 전혀 읽을 수 없었다. 아마 흔해 빠진 열반상 따위겠거니 싶었다. 하지만 보려 하지 않았는데도 희미한 램프 불빛이 몽롱하게 비춰 그림에 시선이 닿자 뭔가 대단히 세밀하게 누각이나 민

가나 나무들이나 물이나 먼 산이나 인물들이 그려져 있는 듯하여 결국 일어나서 가까이 다가가 살펴보았다. 그러자 낡아서 곳곳이 더러워지고 손상되긴 했지만 꽤나 주의깊게 그려져 있고 교졸(巧拙)은 알 수 없어도 옛날에 구십주(仇十州; 명나라 시대 화가로 본명은 구영)라고 보고 배운 적이 있는 그림과 닮은 화풍에 어째서인지는 몰라도 대폭 끊어져 있다는 사실은 한눈에 봐도 알 수 있었다. 그래서 짐짓 램프를 들어 왼손으로 그림을 가까이서 면하며 관찰하려는 부분 부분으로 램프를 움직여 빛이 강한 곳을 살펴보았다. 그렇게 하지 않으면 지극히 섬세한 그림이 낡게 그을어 있어 자칫 살펴볼 수 없었다.

그림은 아름답고 커다란 강을 접한 부유하고 화려한 마을의 일부를 그리고 있었다. 그림의 상반부를 이루고 있는 강 건너편에는 비취색의 황홀해질 법한 먼 산이 보이고, 그 바로 앞쪽에는 언덕이 굴곡져 있고, 그 사이로 다층탑도 있고 높은 전각도 있고 울창한 나무들로 거무스름하게 가려진 벼랑도 있고 화사한 꽃으로 파묻힌 계곡도 있고 그곳에서부터 쭉 벼랑 쪽으로 드넓게 펼쳐진 곳에 아름다운 요릿집 몇 채도 있고 남녀노소, 말을 탄 사람, 한가하게 걷는 사람, 생계에 쫓겨 분주한 지게 장수, 각양각색의 사람들이 개미만큼이나 조그맣게 보이고 있다. 붓은 그저 기분이 내키는 대로 움직일 뿐, 당연히 그 자세한 사정을 그릴 리는 없지만 그럼에도 절로 사람들의 모습과 심정이 마음속으로 절절히 전해져 온다. 요릿집 아래 물가에는 놀잇배도 있고, 배 안쪽의 사람들은 크기가 참깨 반 알만 하지만 역시나 모습이 분명하게 보인다. 큰 강 위쪽에는 돛으로 강을 달리는 꽤 커다란 배도 있고, 조릿대 잎 모양을 한 어선도 있고, 낚시하는 듯한 어부의 모습도 보인다. 빛을 옮겨 그 근처 물가를 살펴보자 오른쪽으로는 커다란 궁전 같은 건물이 있고, 옥수기화(玉樹琪花; 아름다운 나무와 진기한 꽃)라고 부르고 싶을 정도로 아름다운 나무와 꽃으로 점철되어 있으며 궁전 아래 뜰 같은 곳에는 붉은 난간이 땅을 구불구불 나누며 난간 안쪽에는 기석도 있고 훌륭한 정원 꽃들도 있고 사람들의 애정 어린 관심을 받고 있는 여러 가지 아름다운 짐승들도 있다. 점점 왼쪽으로 램프를 옮기자 민가가 소중대 크기로 제각각 놓여 있고 노인이나 젊은이, 채소를 짊어진 자가 있다면 일산(日傘) 아래서 으스대며 말을 타고 가는 관리 같은 자도 있고 맨발로 버드나무 가지에 생선 아가미를 줄줄이 뚫어 손에 들고 강을 올라온 듯한 어부도 있고, 이곳저곳 취연(翠煙)을 머금은 버드나무가 서 있는 도로를 사농공상초어(土農工商樵漁), 가지각색

계급의 사람들이 우왕자왕 하고 있다. 비단옷을 입은 사람도 있다면 넝마를 입은 사람도 있고, 관리 같은 자도 있다면 잡역부 같은 자도 있다. 이거 재밌군, 봄날 강가 풍경을 아울러 그린 풍속화려나, 하고 생각하며 다시 조금씩 조금씩 등을 옮겨 오른쪽으로 가보자 강가는 경사가 완만해지며 잡목들이 빽빽해지기 시작하더니 그 끝에는 갈대와 억새가 무성하다. 버드나무 가지와 억새 갈대 사이로는 바람이 부드럽게 불고 있다. 갈대가 끊긴 곳에는 반짝반짝 빛나는 봄날 물가를 작은 배 한 척이 흔들거리며 떠다니고 있다. 배는 삿자리 어살을 엮어 '햇살 막이 겸 비 막이'라고 할 법한 것을 중앙 선실에 설치해 두었다. 뭔가 난로나 접시 같은 가구도 약간 보인다. 뱃사공 노인이 뱃머리에 서서 배말뚝을 한 손으로 짚은 채 막 배를 띄우려 하며 한 손을 들어 안 탈 거야? 안 탈 거야? 하고 외치며 사람을 부르고 있다. 그 얼굴이 또렷하게 보이지 않아 대기만성 씨는 등불을 좀 더 좀 더 가까이로 들이밀었다. 멀리서 조금씩 조금씩 가까이로 걸어가면 사람 얼굴이 점점 또렷하게 보여 오듯 흐릿하던 사공의 얼굴이 점점 또렷하게 보여온다. 무릎과 팔꿈치를 걸어붙인 한텐(얇은 천으로 만든 일본 전통 상의 작업복) 같은 옷을 입고서 너무나 조그만 삿갓을 쓴 채 고개를 살짝 치켜든 모습이 이를 수 없을 정도로 순진무구해서 한산(寒山)이나 습득(拾得)의 삼촌이 될 자는 무학문맹의 이 남자가 아닐까 싶었다. (한산과 습득은 문수보살과 보현보살의 화신이라고 불리는 당나라 승려이자 시인으로 신선같이 초연한 행적과 일화로 유명) 어이 — 하고 부르며 사공은 커다란 입을 벌렸다. 만성 선생은 완연하게 웃었다. 지금 간다 — 하고 무심코 대답하려 했다. 그 순간 문틈으로 새어 들어온 차가운 바람에 등불이 흔들렸다. 배도 뱃사공도 멀리서 가까이로 나부끼며 다가오다가 다시 가까이서 멀리로 나부끼며 떠나갔다. 그저 이 한순간으로 앞뒤는 없었다.

건물 바깥은 빗소리가 쏴-아.

대기만성 선생은 여기까지의 이야기를 친한 친구에게 알렸다. 병은 전부 나았다. 하지만 그 사람은 다시 학교에 나타나지 않았다. 산골짜기 물가에 이름을 묻고 평범한 사람으로 마치기로 마음을 굳혔으리라. 혹자는 어느 지역에서 볕에 완전히 타 일개 농부가 된 그 사람을 본 적이 있다고 한다. 대기불성(大器不成)인가 대기기성(大器既成)인가, 그런 것들은 더는 선생에게 아무런 문제도 아닐 것이다.

골동품

골동(骨董)이란 원래 중국말인데 글자는 단지 그 소리를 표기하고 있을 뿐 骨이라는 자에도 董이라는 자에도 관련된 의미가 있는 것은 아니다. 게다가 汨董으로 쓸 때도 있고 또는 古董이라고 쓰일 때도 있다. 글자를 빌려 음을 전하고 있을 뿐임이 분명하다. 그런데 골동이라는 음이 어떻게 고물이란 뜻이 되었는지에 대해 골동이란 고동(古銅; 고대 구리)의 음전(音轉)이라는 설이 있다. 그 설에 따르면 골동이란 처음엔 구리 그릇을 가리키는 말이었는데 후대에 이르러 옥석 그릇이나 서화 종류까지 옛 물건을 전부 일컫는 용어가 되었다는 것이다. 과연 한구(韓駒: 송나라 시인)의 시 중에 "아무런 말 없이 납자(衲子) 바구니에 끝도 없이, 강남의 골동품을 가득 담아 돌아오네." 운운하는 구를 끌어다 해석해보면 그럴지도 모른다. 강남에는 구리 그릇이 많았기 때문이다. 하지만 골동이 정말로 고동에서 온 말인지는 적잖게 의심스럽다. 만약 정말로 고동에서 온 음전이라면 골동이라는 단어를 사용한 시에 고동이라는 글자가 조금이라도 보여야 할 텐데 骨董이나 汩董이란 글자가 일부러 대용되는 경우는 있어도 古銅이라는 글자가 사용되지는 않는다. 적청강(翟晴江)은 통아(通雅)를 인용하며 골동이란 당나라 배 당기는 노래 중 '득동흘나야(得董紇那耶), 양주 구리 그릇이 많다(揚州銅器多)'에서 나온 말로 득동(得董)이 골동 두 글자의 원류라고 말한다. 득동흘나야란 에헤라디야 같은 말로 일종의 메김소리이기 때문에 별다른 의미도 없고 정해진 글자도 없을 따름이다. 그 설을 통해 생각해보면 득동 또는 골동에는 어떤 의미도 없었지만 옛날 배 당기는 노래 속 두 번째 구의 '양주 구리 그릇이 많다'에서 구리 그릇(銅器)이란 두 글자가 앞선 메김소리와 맞닿아 골동이라는 단어가 구리 그릇 등을 가리키는 말로 전해져왔다는 것이다. 그리고 그 뒤 옛 물건들도 함께 일컫게 되었다. 골동이 고동의 음전이라느니 하는 풀이는 뿌리는 알지 못한 채 말단만 가지고 교묘하게 풀어 너무 서둘러 해치우려 한 사이비 해석인 셈이다.

또 소동파가 갖가지 음식을 섞어 끓인 걸 골동국(骨董羹)이라고 불렀다고 한다. 그 골동이란 마구 섞었다는 뜻으로 마치 우리 풍습 중 잡탕 찌개, 잡탕국 등의 '잡탕'이란 의미에 해당한다. 이도 글자 상 다른 의미가 있지는 않다. 또 물이 떨어지는 소리를 골동이라고 한다. 그것도 "코-통" 하고 떨어지는 울림을 골동이라는 글자의 음을 빌려 표현했을 뿐 글자 상 다른 어떤 의미도 담겨있지 않다. 필경 골동은 아무튼 문자국인 중국의 문자이지만 문자의 의미에서 문자가 아닌 언어의 음에서 온 문자로 문자는 임시적이기 때문에 훈고적으로 까다롭게 굴 필요는 없다.

그런 것들이야 어찌 되든 상관없지만 아무튼 골동품이란 귀중한 물건으로서 우왕의 세발솥, 한나라 청동제기, 옥 장신구 같은 종류부터 그 아래로 고물 대나무 접시에 이르기까지, 그 중간에 서화와 법첩(法帖), 거문고·칼·거울·벼루, 도자기 종류 등등 옛 물건 이것저것 일체를 일컫는 말이다. 그리고 이 세상엔 자연히 골동품을 좋아하는 사람들이 존재하여 골동품을 사고파는 이른바 골동품상이 생겨나고 골동품을 감식하는 사람, 즉 감정사도 생겨나 크게는 박물관, 미술관에서 작게는 옛날 우편권, 성냥 접지 수집가까지 골동품 논밭이 세계 각국 도시 시골 도처로 뻗어 나가 존재하고 있다. 실로 재미있고 또 엄청나고 유난스럽고 유의미한 일이다. 심하게 말하면 골동품이란 죽은 사람의 손때가 묻은 그다지 기분 좋을 리 없는 물건인 데다가 큰 박물관들마저도 도적들이 공적을 겨루듯 굴기도 하지만 그런 바보 같은 논리를 펼쳐 봤자 고리타분한 이야기라며 세상에 통하지 않는다. 골동품이 존중받고 골동품 수집이 행해진 덕분에 세계 문명사가 피와 살을 갖추고 맥락을 드러냄에 이르렀으며 지금까지도 그 휘광이 우리의 머리 위에서 빛나고 향기가 우리의 가슴에 가득하며 그리고 현대인으로서 옛 문명을 맛보고 또 이를 통해 옛사람과 다른 문명을 개척할 수 있게 된 것이다. 식욕 색욕만으로 살아가는 인간은 아직 개 고양이 수준으로 그곳에 만족하지만, 혹 그렇지 않고 이를 초월하는 인간은 반드시 골동품을 좋아하게 된다. 말하자면 골동품을 좋아하게 됨으로써 인간 수준으로 오르게 되기 때문에 돼지나 소나 하는 짐승은 골동품을 만지작거리거나 하는 예시를 보이지 않는다. 골동품을 만지작거리려 하는 건 취미가 성장해 가는 것이다. 그리고 또한 골동품은 증거물품이다. 그래서 학자도 학문의 종류에 따라 학식이 깊어지면 반드시 골동품 세계에 고개를 들이밀고 손을 뻗게 된다. 꺼림칙해도 곰팡 내 나는 것들을 만져보지 않으면 늘 판에 박힌 듯한 서적 속만 방황해야 하기 때문에 미술이나 역사나 문예나 그 외 이런저런 분야의 학자들도 지천에 널린 것들을 얼추 전부 알게 되는 단계에 이르면 어느샌가 자신도 모르는 사이 연구가 골동품으로 파고들게 된다. 그 이유도 천차만별인데 빠른 경우는 오자투성이 활판본으로 만요슈(万葉集: 가장 오래된 일본 고대 시가집)를 아무리 연구한다 한들 참된 연구가 성립할 수 없다는 이유에서부터 학과에 따라서는 골동품적인 것이 진짜고 그렇지 못한 것은 거짓이나 직무 태만이다. 뭐 이런 이유도 있어서 골동품은 실로 귀중하게 대해야 하고 골동품을 좋아하게 되는 건 오히려 자랑할 만한 일이며 골동품을 만지작거릴 때도 이에 이르지 못한 인간이란 개 고양이 소 돼지와 동류이니 거참 실로 미성숙하여 연민해야 마땅하다고 말해도 괜찮을 것이다. 그래서 신사 이상들은 쓸데없는 돈으로 굳이 십만 냥이나 버려가며 가요이코마치(通小町: 가면 음악극 작품)의 진필 "눈이 아파, 눈이 아파" 가사, 공자님의 제문이 금으로 쓰인 안회의 호리병, 예수의 피가 배어있는 십자가 조각 등을 사들이며 몸을 뒤로 젖힌 채 "어떤 물건인가?" 하고 말하는 것도 대단히 불량한 건 아닐지 모른다.

골동품 만지작거리기는 실로 특이하고 풍류 있고 재미있음이 분명하고, 고상함이 분명하고, 그리고 의미 있음이 분명하며 또한 경우에 따라서는 개인을 위하고 사회를 위하는 일이 분명하다. 나 또한 자산가이기만 했어도 분명 근사한 위조품이나 위조 화폭을 사들여 대단히 싱글벙글해댈 게 분명하다. 골동품을 사는 이상 위조품은 사면 안 된다 등등 운운하며 쩨쩨하게 굴어봐야 뭘 하겠는가, 옛사람도 죽은 말의 뼈를 천금에 샀다고조차 하지 않는가. (買死馬骨; 천리마를 구하기 위해 죽은 말의 뼈를 천금을 주고 사서 소문이 나게 한 뒤 천리마가 당도하게 했다는 고사) 구십주(仇十州)의 위조 서화에는 대략 스무 단계 정도가 있다고 하는데 그렇다면 위조 서화를 스무 번 사기만 한다면 졸업하고 난 뒤 진짜 화폭을 손에 넣을 수 있으니 다른 구실은 필요하지 않은 것이다. 무엇이든 수업료를 내지 않으면 내용을 기억할 수 없다. 위조품 위조 그림을 사는 건 수업료를 내는 것이므로 조금도 부당한 일이 아니다. 또 수업료를 엄청 낸 끝에 마침내 진품, 진짜 그림을 큰돈을 주고 산다. 즐거울 게 분명하고 자랑을 해도 될 게 분명하다. 즐거워하라, 자랑하라. 그 큰돈은 희열세이고 교만세이다. 큰돈이라 해도 십 엔 가진 사람의 물림쇠 지갑에서 일 엔이 나온다면 그 사람에게 있어 큰돈이겠지만 비축해둔 천만 엔에서 만 엔을 꺼낸들 오만 엔을 꺼낸들 비교해 보자면 그 사람에게 있어 별로 큰돈도 아니고 소정의 희열세, 교만세라고 해야 할 것이다. 그리고 그 교만세는 소득세 따위와 달리 정부에 납부되어 탐관오리일지도 모르는 관리의 월급 따위가 되는 것이 아니라 곧장 골동품상께로 돌아가고 세상으로 유통되기 때문에 세상의 융통을 손쉽게 도우며 어느 정도 경기가 좋아지게 할 수도 있다. 고리타분하지 않은 멋들어진 세금이라는 것, 아니아니 내야 하는 세금이나 독촉 먹은 끝에 아내 허리띠를 전당포에 처박아 두고 내야 하는 세금과는 사정이 다른 돈인데 똑같은 세금이라도 소득세 따위는 도조지(道成寺: 여자가 반한 승려에게 거절당하자 한을 품고 뱀이 되어 도조지 법종 속에 숨은 승려를 불태워 죽였다는 전설이 유명)까진 아니지만 돈에 한이 가득한, 생각해보면 돈 때문에 원한이 깊은 세금인데 이런 교만세 등등은 돈과 폭죽이 튀어 오를 때 눈부시게 빛나는 불꽃놀이같이 아름다운 기세의 세금이라서 내는 쪽도 "그야 오만 엔이라니 싸구먼." 하고 흔쾌히 내던지고 수취하는 쪽도 "옙 일단 이 정도 오만 엔에 물건을 거두어 주시니 저도 기고만장합니다." 하고 흔쾌히 받아든다. 기분 상할 풍경은 있을 리 없다. 누군들 교만세를 내려 하지 않겠는가. 나 또한 교만세라면 잔뜩 내고 싶다. 하지만 괘씸하기 짝이 없게 오십 년 인생이 지나도록 여태 체납이라니 가당치도 않다.

이 교만세 납부를 제대로 이해하고 있던 건 도요토미 히데요시(豊臣秀吉; 센고쿠 시대의 무장이자 정치가 1537-1598)로 뭐라 해도 멋진 사람이었다. 히가시야마 시대(東山時代; 무로마치 시대 중기로 1436-1490)부터 교만세가 생겨났지만 처음에는 은각 금각(교토의 유명 사찰인 금각사와 은각사) 주지가 몸소 세를 내고 있었다고 한다. 실로 갸륵한 마음가짐이었다. 노부나가(織田信長; 센고쿠 시대의 무장이자 히데요시 이전 집권자인 오다 노부나가) 시대가 되자 노부나가는 신하의 공로와 훈공을 교만세액으로 고쳐, 이른바 골동품을 감사히 하사받게 하였다. 하시바(羽柴; 히데요시의 가문 성씨苗字) 지쿠젠노카미(筑前守; 히데요시가 노부나가 아래에서 군대를 이끌던 당시 관직인 지쿠젠 지방 장관의 관직명) 등도 전쟁을 치르고 공훈을 세워 그 훈공 보수의 일부로 다기를 받았다. 즉 오만 엔이면 오만 엔 상당의 훈공을 세웠을 때 오만 엔 대신 다기를 하사받게 된 것이다. 그 골동품에 오만엔 상당의 가치가 있다면 그러한 골동품을 하사받는다는 건 요컨대 지쿠젠노카미가 오만 엔의 교만세를 내고서 즐거워하며 그 다기를 산 것과 마찬가지이다. 히데요시가 지쿠젠노카미였던 시절에 이런저런 다기를 노부나가에게서 훈공을 세운

상으로 받았다는 사실을 기록해둔 편지를 내 지인이 가지고 있다. 전문 역사가의 감정에 따르면 의심할 것도 없다고 한다. 그리하여 교만세 지불을 발명한 건 히데요시가 아니라 노부나가가 선배라고 생각할 수도 있지만 그 세법을 크게 확대 실행한 자가 히데요시이다. 히데요시의 지략과 위력으로 천하가 크게 밝아지고 편안해졌다. 히가시야마 시대 이래 세력이 쌓이며 차 문화가 크게 성행하게 된다. (일본 무사들은 전통적으로 차 마시는 모임을 가짐) 다도에도 기운이라는 게 있는 건지 영험한 재인(才人)들 무리가 점차 등장하게 되었다. 마쓰나가 히사히데(松永彈正; 오다 노부나가의 가신)인들, 오다 노부나가인들 풍류가 없지도 않았고 여유 넘치던 사람들이라 전부 차 연회를 즐겼다. 하지만 거세게 불어 일으킨 건 히데요시였다. 오슈(奧州) 지방 무사인 다테 마사무네(伊達政宗)가 도가시마(堂ヶ島) 섬에서 벌을 기다리는 동안에도 다도를 배웠을 정도로 다도가 성행했다. 물론 히데요시는 오다와라(小田原) 정벌에도 다도 스승을 데리고 갔을 정도였다. 남쪽 외국이나 중국에서 재밌는 기물을 가져오게 하고 고대 외래품, 재래품 또한 진기하고 귀중하게 여기며 재밌고 운치 있는 물건을 크게 아꼈다. 골동품은 비범한 기세로 세상에서 존중받기 시작했다. 물론 재밌지 않은 물건이나 운치 없는 물건이나 평범한 물건들을 떠받든 건 아니다. 사람으로 하여금 과연 수긍하여 고개를 끄덕이게 할 만한 골동품을 진기하고 귀중하게 여겼다. 식욕과 색욕은 한계가 있다. 또 이는 열등한 욕구, 소나 돼지도 공유하는 욕구이다. 인간은 그것만으론 안된다. 식욕과 색욕이 만족 되고, 다소간 여유가 생기고, 이익과 권력의 욕화(慾火)는 끝없이 타올라도 세태가 계속 그쪽으로 굳어가면 안 된다는 경향이 점점 드러나 그렇게 무턱대고 수라심(修羅心; 시기 질투 교만으로 가득 차 싸움을 즐기는 수라의 마음)에 내맡긴 채 발버둥 쳐봐도 아무런 소용이 없다는 기세가 보이는 시대에 어찌 취미욕이 고개를 들지 않겠는가. 더군다나 또한 취미에는 고하도 있고 우열도 있기에 우월한 곳에 서고 싶다는 우월욕도 물론 거들고, 이에 다도라는 고독적이지 않고 회합적인 흥미가 존재하는 취미에 있어 그 누가 차 연회를 좋아하지 않겠는가. 그리고 또한 다른 누군가의 소유보다 우월함이 있어 재밌고 운치 있고 평범하지 않은 골동품을 얻는 걸 즐거워하지 않을 자가 있겠는가. 수요 하는 자가 많아 공급할 물건은 적다. 그러니 골동품의 가치가 어찌 더 오르고 귀중해지지 않겠는가. 위로는 다이묘에서부터 아래로는 유복한 서민들에 이르기까지 앞다투어 교만세를 지불하려 한다. 세율은 사람들이 합세하여 서로 다투어 값을 올린다. 기타노(北野)의 큰 차모임인들 바보 같은 짓도 아니고 풍류가 없는 것도 아닐지 모르지만 한편에서 보자면 천하를 찻잔 연기로 에워싸며 부채질을 크게 휘둘러 교만 경쟁을 부추긴 것이다. 그리고 또 당시 히데요시의 위광을 등지고 아찔할 정도로 눈부시게 빛났던 자가 센노 리큐(千利休)이다. 물론 리큐는 불세출의 영험한 재인이다. 군정 세계에서 히데요시가 불세출의 인물이었음과 마찬가지로 취미의 세계에서 누구보다 최고 위치에 설 만한 불세출의 인물이었다. 아시카가(足利; 아시카가 무사 가문이 집권하던 무로마치 시대로 오다 노부나가가 무너뜨림) 시대 이후 취미는 이 사람을 통해 두드러지게 진보했다. 사고력도 분별력도 완력도 범상한 사람이 아니었다. 리큐 외에도 영민하고 준수한 사람은 존재했지만 조금씩 차이는 있어도 대개 모두 리큐와 서로 호응하고 추종했던 인물들로서 리큐는 수많은 별 한가운데 달처럼 빛나며 물고기 떼를 이끄는 선두 물고기가 되어 유연하게 나아갔다. 히데요시가 리큐를 총애하여 부렸던 건 역시 히데요시였기 때문이다. 아시카가 가문 시대에도 소아미(相阿弥; 무로마치 후기의 화가)나 그 외 사람들, 리큐와 같은 위치의 사람들은 존재했지만 리큐 정도의 인물도 없었고 또 리큐가 등용되었던 정도로 등용되었던 인물도 없었고 또 리큐 정도로 한 시대의 취향을 움직여

상향 진보시킨 인물도 없었다. 리큐는 실로 하늘나라 신선의 재인이었다. 나 따위는 이른바 다도 전문가다운 의례 따위는 티끌만큼도 모르는 자이지만 리큐가 우리나라 취향 세계에 부여한 은택은 지금까지 남아 우리에게 가피(加被; 부처나 보살이 힘을 줌)하고 있음을 느끼고 있다. 이러한 리큐를 히데요시가 부릴 수 있었던 건 역시 히데요시였기 때문이다. 당시 리큐는 어느새 암묵적인 교만세 사정자로 여겨졌다.

리큐가 아름다워 한 물건을 세상 사람들이 아름다워 한다. 리큐가 재밌어하고 귀하게 여긴 물건을 세상 사람들이 재밌어하고 귀하게 여긴다. 이는 리큐에게는 한 가닥 허위도 없이 리큐가 아름다워 하고 재밌어하고 귀하게 여긴 물건이란 참으로 아름답고 참으로 재밌는 물건, 참으로 귀한 물건이기 때문이었다. 리큐가 지목한 물건은 그게 외따로 떨어진 도자기 한 점일지라도 한번 그 지목을 거치면 곧장 금옥이 헛되지 않은 물건이 된다. 물론 리큐를 도와 당시 풍류 세계를 진보시킨 수많은 별들의 움직임도 분명 존재했지만 한 시대의 스승으로서 리큐는 무시무시한 위력으로 다른 별들을 인솔하여 세간이 추종하게 하였다. 이는 리큐의 협잡이 아닌 현묘한 풍류감에서부터 성립하여 감히 그사이 거스르는 바 없이 리큐가 아름다워 하고 재밌어하고 귀하게 여긴 물건은 길이길이 참으로 아름답고 재밌고 귀한 물건이 되었지만 그러나 또 한편으론 당시 최고 권력자였던 히데요시가 리큐를 등용하고 리큐를 존중하고 리큐를 거의 신성시했던 점이 리큐 등 뒤에서 커다란 광명으로 작용했던 점 또한 분명하다. 그렇게 리큐의 손가락이 가리키면 무딘 고철도 황금이 되었다. 철을 가리켜 금으로 만드는 건 일종의 신선술이지만 리큐는 실제로 도술을 지닌 하늘 신선이 땅으로 내려왔던 것이었다. 한 시대가 리큐를 추종했다. 사람들은 앞다투어 리큐가 귀하게 여긴 물건을 귀하게 여겼다. 그걸 얻어 희열하고 그걸 얻어 교만을 부리기 위해 교만세 납부를 굳이 감행했다. 그 교만세 액수는 전부 리큐가 간접적으로 조사하고 감정했다. 스스로는 그런 비천한 일을 맡을 생각이 없었겠지만 자신도 모르는 사이 어느새 자연스레 그런 직무를 떠맡게 되었다. 골동품이 황금 몇 닢 몇십 닢 한 고을 한 성 또는 거친 전투의 피투성이 공로에 필적하게 되었다. 돌려 말하자면 골동품은 일종의 불환지폐가 되었으며 그리고 그 불환지폐의 발행자가 리큐가 된 셈이었다. 사이고(西鄕隆盛; 메이지 시대 정치가 사이고 다카모리)가 내거나 오쿠마(大隈重信; 메이지 시대 정치가 오쿠마 시게노부)가 내던 불환지폐는 실제 가치가 낮아졌지만 리큐가 낸 불환지폐는 그 후로 몇백 년이 지나도록 가치를 보존하고 있다. 과연 히데요시는 엄청난 인간을 붙잡아 불환지폐 발행자로 삼았고 그리고 리큐 또한 정말 욕심이 없었으며 게다가 연금술을 능히 부리던 신선이었다. 불환지폐가 당시 어느 정도로 세상 통제에 영력을 부여하고 있었는지 알 수 없다. 그 이익을 챙긴 자는 물론 리큐가 아니라 히데요시였다. 무시무시한 남자였던 히데요시는 신선을 구사(驅使)하여 자신의 용무로 부렸다. 그런데 제사가 끝나면 추구(芻狗; 짚으로 만든 개로 제사가 끝나면 내다버림)는 필요하지 않다. 적당하게 불환지폐가 유통되자 불환지폐 발행은 중단되고 리큐는 말도 안 되는 이유를 붙여 죽임당하고 말았다. 연달아 계속해서 끊임없이 발행되지 않아 불환지폐는 그 가치를 오래도록 유지했다. 각 다이묘나 유복한 서민의 창고 안으로 거두어져 돌아갔다. 생각해보면 황금이나 옥석인들 인생에 가치가 있는 것도 아니고 역시 일종의 어음일 따름이다. 철저히 따져보면 골동품도 황금도 옥석도 태환권도 불환지폐도 비슷비슷하기 때문에 승낙되어 통용된다면 나뭇잎이 작은 금화가 되어도 이상하지 않을 것이다. 골동품이라는 아름답고 재밌는 물건 쪽이 큼직한 금화나 다이아몬드보다 아름답고 재밌으므로 금화나 태환권으로 교만세를 엄청나게 지불한 뒤 유약의 미묘함을 이루 다 말할 수 없는 찻그릇이라든가 다기라든가 무엇과

대보아도 훌륭한 골동품을 애호하며 손에 넣어 즐거워하는 편이 더욱 창달하다는 소견인 것이다. 논리에 빠져드는 가을의 쓸쓸함, 그보다도 논리를 빠져나온 봄의 즐거움 쪽이 더 낫다는 셈이다. 간사이(關西: 현재 오사카 교토 지방)의 대부호이자 어느 다도 애호가가 죽기 직전 수만금을 들여 차기 하나를 손에 넣어 몇 시간 동안 즐거워하다가 죽고 말았다. 한 시간에 몇천 엔에 해당하는 셈이다, 라는 식으로 비방하는 자가 있지만 그렇게 비방하는 쪽은 쩨쩨한 근성으로 일생을 논리의 지옥에서 나뒹구는 것 외에 다른 가능성이란 없는, 논리를 벗어난 즐거움의 천국이 존재한다는 사실은 알지 못한다는 논지이다. 풍류 앞에선 백만 냥도 담배 연기보다 덧없는 것에 지나지 않음을 터득하지 못했기 때문이다.

골동품은 아무리 생각해도 여러 가지 의미에서 나쁜 물건이 아니다. 특히 노인이 되거나 부자가 되거나 하면 골동품이라도 만지작거려 보는 게 무엇보다 바람직하다. 불로 회춘의 약 따위를 노인에게 먹여 젊은이를 방해하게 하는 건 못된 술수이다. 노인에게는 노인에게 상응하는 노리개가 있고 구석 쪽에서 가만히 교만한 표정을 짓게 놔두는 편이 천하태평을 위한 기원이다. 아이들은 셀룰로이드 장난감을 쥐고 노인들은 도기 장난감을 쥔다, 는 소학교 독본에 써 두어도 지장이 없을 것이다. 또한 부자는 유독 돈이 넘쳐 가련한 운명에 갇히게 되는 존재이므로 육조시대 불상, 인도 불상 정도로는 구제할 수 없기 때문에 하은주 무렵의 대 고물, 여우털 세 가닥이 붙은 달기의 놋대야, 이윤이 쓴 탕 냄비, 우왕이 신은 설피 등등을 대단히 높은 가격에 사게 해야 하는데 이것이 바로 유무상통, 세상의 불공평함을 사라지게 하며 사회 공산주의라든가 무산계급이라든가 하는 까다로운 천지신명들의 마음을 진정시키기 위해 바치는 무악의 한 자리에도 버금갈 것이다.

하지만 그렇다 해도 노인도 아니고 젊은이도 아니고 부자도 아니고 빈털터리도 아닌 이른바 중년 중산계급인들 골동품을 좋아하면 안 된다고는 할 수 없다. 이런 무리는 완전히 장님이라 할 수도 없고, 그렇다고 해서 교만세를 자진하여 잔뜩 납부해 바칠 정도의 돈도 의지도 없기 때문에 까딱하면 중유(中有; 죽어서 다시 태어날 때까지 49일의 기간)를 헤매는 망자 같은 꼴이 된다. 그런데 서화 골동품에 마음을 기울이거나 손을 내밀거나 하는 자의 대다수가 이 무리로 이 무리 중 총명하고 선량한 패거리는 고급 골동품 같은 훌륭한 물건에 손을 뻗고 싶지 않은 건 아니지만 이는 구름을 향한 사다리처럼 닿을 길 없는 사랑 같은 것이기에 하는 수 없이 역시나 자신들의 신분에 걸맞은 중급 정도의 골동품을 즐기게 된다. 그중 가장 총명하고 선량한 자는 자신이 관계 맺으려 하는 범위를 분야적 전문적으로 가능한 한 협소하게 만들어 세월을 그 안에서 즐긴다. 이른바 외길만을 나아가고 외길만을 지키는데 그림이라면 그림으로 어느 파의 누구를 중심으로 한다든가, 도자기라면 도자기 중 어느 가마 어느 시간대라든가, 글이라면 글 중 유학자 누구누구라든가, 마키에(蒔絵; 일본 전통 금박 공예)라면 마키에 중 매우 오래된 것이라든가 가까운 시기라든가 하는 식으로 마음을 기울여 손을 뻗는다. 이 '외길 수집연구'는 가장 현명하고 정상적인 방식이므로 상응하게 수업료만 지불하면 눈도 통찰력도 멋도 훌륭히 알게 되어 분명 가장 무난히 정오를 분별하게 될 테니 문제가 없다. 그런데 또 대다수 사람들은 그러면 너무 고지식하고 재미가 없으므로 이끼가 동서남북 물만 있으면 솟아나듯 셋슈(雪舟) 등에도 눈길을 던져보면 오쿄(円山応挙; 마루야마 오쿄) 등의 그림에도 손을 뻗고, 우타마로(喜多川歌麿; 기타가와 우타마로)가 산 물건에도 욕심을 보이고, 다이가도(大雅堂; 화가 이케노 다이가池大雅의 호. '아름다운 집'이라는 뜻)나 지쿠텐(竹田; 화가 다노무라 지쿠덴田能村竹田, '대나무 밭'이라는 뜻의 이름)에도 괭이를 쥔 채 들어가고 싶어 하고, 운이 좋다면 한간(韓幹; 당나라 시대 화가로 말 그림이 유명)

의 말도 백 엔 정도 가격에 사고파 하는 마음으로, 중국 농담처럼 두순학(杜荀鶴; 당나라 후기 시인)의 학 그림 같은 이상한 물건을 사는 것도 불사할 기세로, 그것도 그림뿐이라면 또 모르지 조각도 칠기도 자기도 무기도 다기도 라는 식으로 흥미가 솟아난다. 그런 사람들이 심히 적지 않은데 때때로 안타까운 꼴을 당하는 것도 그런 사람들이고 악의는 없다 해도 욕심이 다소 거들면 백화점에서 산 물건 같은 어이없는 꼴을 자업자득으로 당하게 된다. 개중에는 적이 좋지 않은 성격에 골동품상을 속이려 하는, 이른바 발굴품을 얻으려 하는 자들도 있다. (일본어의 '발굴하다'에는 '거저로 얻다'라는 의미도 있음) 골동품상은 다소 질서정연하고 점잔 빼는 자들이긴 하지만 그렇다 해도 무엇이나 자선사업으로 가게를 여는 것도 아니고 그 길 위에 시간을 붓고 자본을 부어 처자식과 살아가기 때문에 삼십 엔 물건이라면 중개료와 경비로 이십 엔을 주고 오십 엔에 산다면 아무런 문제도 없을 텐데 오십 엔 물건을 삼십 엔에 사려고 하니 세상일이 술술 풀리지 않는다. 오 엔짜리 물건을 삼십 엔에 강매당하거나 하는 일도 자칫 잘못하면 일어날 수 있는 것이 당연한 도리이다. 이에 더욱 욕심을 부려 발굴해내려 하며 삼 엔 오십 전에 겐잔(尾形乾山; 오가타 겐잔)의 그릇을 사려고 하는 뻔뻔한 속셈을 뱃속에 가지고 있다 하더라도 그 어느 겐잔인들 손에 넣을 수 있을 리가 없다. 권업채권(勸業債券)은 한 장을 샀는데 천 엔 이천 엔이 되는 경우도 있지만 발굴한다거나 하는 건 하여간에 있어서는 안 될 일이다. 못된 속셈에 열등한 교양에 그리고 무식한 짓거리이다. 그런데 골동품을 만지작거리다 보면 골동품에는 반드시 어느 정도 가격대가 있고 금전관념이 동반하기 때문에 천박하지 않던 사람도 어느새 자신도 모르게 발굴하고 싶은 기색을 보이게 된다. 이는 골동품의 언짢은 조건 중 하나이다.

발굴이란 말은 어원부터가 꺼림칙한 말로서 처음에는 흙 속 무덤 속 등에서 발굴해낸 물건을 가리키던 말이 틀림없다. 못된 놈들이 막대기 한 자루나 괭이 한 자루로 무덤 따위를 파내 괜찮은 물건을 얻어내고 이를 곧 발굴품이라 했음이 의심할 바 없다. 벌묘(伐墓)라는 말은 옛 중국말인데, 옛날부터 무법자가 귀족 등의 무덤을 파내곤 했다. 지금 남은 삼략(三略; 강태공이 지은 병서)은 장량의 무덤을 파서 그가 황석공에게 하사받은 걸 올렸다고 하는 전설이 있지만 삼략은 세상에 그렇게 나오게 된 것이 아니다. 완전히 가짜다. 그러나 옛 훌륭한 사람의 무덤을 파내는 건 당시 행해지던 일로 파계승이 명나라 천자의 무덤을 파내 갖가지 진귀한 물건을 빼앗고 게다가 해골을 발로 차다가 벌을 받듯 각질에 걸려 마침내 그

일이 발각되기에 이르렀다고 하는 읽는 것만으로도 께름칙한 이야기가 잡서에 보인다. 발굴되는 걸 꺼린 조조가 수많은 가묘를 만들어 두었다는 이야기는 요즘 고증을 통해 그렇지 않다고 밝혀졌지만 왕안석 등조차 가묘 전설을 믿고 시를 쓰거나 했던 걸 보면 벌묘는 그다지 드문 일이 아니었으리라 생각한다. 중국의 옛 풍속에는 신분 있는 사자(死者)의 입안에 옥을 머금게 하고 장례 지내는 풍습이 있었는데 심한 놈은 무덤 안 보물 중 해골 입속의 옥까지 끄집어 뺏는 것도 감수했으리라. 유현(濰縣) 지방 근처인가는 지금도 겨울 농한기가 되면 백성이 가래와 괭이를 준비해 선두를 앞장세워 이곳저곳 옛 무덤을 찾아다니며 이른바 발굴품 벌이를 한다는 소문을 들었다. 허튼 이야기는 아닌 듯하다. 일본에서도 때때로 말도 안 되는 짓을 벌이는 자가 있어 몇 해 전 서쪽 어느 지역 어느 귀한 산소 자리가 범해졌다는 사건도 전해졌다. 듣기만 해도 꺼림칙하지만 발굴품이라는 말은 물론 이러한 일을 바탕으로 생겨난 말이기 때문에 적어도 보통 사람의 감정을 지닌 자는 사용해서도 생각해서도 안 될 말에 안 될 일인 것이다. 그런데도 발굴품 근성을 가진 자가 많아서 원숭이가 벼룩을 잡듯 두리번두리번, 매가 먹이를 노리듯 사나운 눈빛으로 내심 크게 발굴하기를 원하곤 한다. 사람됨이

다소 나쁜 대신 비위는 아주 좋은 이야기이다. 그러한 인간이 많아서 장사가 험악해져 서쪽에서 나온 모조품을 동쪽 시골에 파묻어 두고 발굴하려 하는 무리를 좋은 발굴품으로 즐겁게 한 뒤 낚싯바늘을 걸거나 하는 자도 등장하고 있다. 교토에서 만든 물건을 조선에 묻어둔 뒤 발굴했다 하는 표정으로 제대로 낚는 등 배우 장사꾼도 생기기 시작했다. 만일 진짜로 발굴하는 자가 있다면 이는 불량한 부랑자가 틀림없다. 또 그 발굴물을 싸게 사서 높게 팔고 그사이 이익을 챙기는 자가 있다면 이는 곧 영업세를 내는 장사꾼이 틀림없다. 장사꾼은 시간을 붓고 자본을 부어 산전수전의 고생을 다 겪는다. 매일매일 진검승부를 하는 기분으로 좋은 물건, 나쁜 물건, 이등품, 삼등품, 그 무엇이든 그런대로 훌륭한 물건은 수가 적은 이 세상에서 한 번 눈을 잘못 돌렸다간 큰 타격을 입을 수밖에 없는 여울에 서서 이런저런 가지각색 다양한 골동품에 틀리지 않도록 상응하는 값을 헤아려 붙이고, 그리고서 뭔가 다른 중개료를 얻으려 하는 것이 장사의 올바른 마음가짐이다. 그 어떤 방심도 틈도 보이지 않는다. 파도 한가운데서 배를 모는 것과 같다. 파란만장이 이 장사의 일상이다. 그곳에 초심자가 끼어들어 뭘 할 수 있겠는가. 지금 이 파란만장 위험천만한 골동품 세계의 모습을 상상할 수 있을 법한 이야기를 살짝 풀어보겠다. 다만 그 어느 이야기도 내가 가설한 것이 아닌 출처가 있는 이야기이다. 이른바 "출"은 판연하므로 원하신다면 밝혀 말씀드릴 수도 있습니다. 하하하.

이백 년 가까이 오래된 글에 보이는 이야기이다. 교토 호리카와(堀川)에 긴파치(金八)라 하는 소문난 도구상이 있었다. 이 긴파치의 젊은 시절 일로, 아버지에게도 가르침을 받았고 자신도 마음에 힘써 공을 쌓았기 때문에 꽤 안목이 들어 이제 내심 스스로 동료에게도 뒤지지 않고 한 사람의 훌륭한 사내가 되었다고 생각하고 있었다. 또 실제로 하나에서 열에 걸쳐 상당히 주의를 기울이고 신경 써서 일하며 아버지에게 이미 가게도 물려받았는데 완전히 혼자 도맡아 꾸려갈 수 있을 정도가 된 것이었다. 하지만 어느 집 노인이나 마찬가지이듯 아버지는 그 조심스럽고 노성한 마음에서, 한편으론 남아도는 친절에서 아직 아직 정도로 생각하고 있었는지 여전히 등 뒤에 서서 긴파치를 보호하고 있었다.

어느 날 긴파치가 오사카로 내려갔다. 도중에 후카쿠사(深草)를 지나는데 길가에 한 채의 낡은 도구점이 있었다. 장사꾼으로서 잠깐 그곳을 한눈에 살펴보자 지다이마키에(時代蒔絵; 연대가 오래된 마키에 공예품)의 훌륭한 등자(鐙子; 승마 발걸이)가 문득 눈에 띄었다. 이거 꽤 괜찮은 등자구먼, 하고 멈춰 서서 바라보자 자못 연대도 좋고 상태도 좋아 좀처럼 없는 훌륭한 물건이지만 아쉽게도 한쪽뿐이었다. 양쪽이 다 갖추어졌다면 물론 이런 가게에 있을 리가 없는 물건이었지만 그렇다 해도 어느 정도일지 가격을 물어보자 아주 푼돈이었다. 아아, 한 짝이었다면 내 수완으로 팔 때 필시 삼십 냥은 될 테지만 한쪽밖에 없다면 어쩔 수 없지, 가격은 낮지만 매물이 될 수 없는 물건을 사봤자 아무런 소용도 없다며 그 등자의 뭐라 이를 수 없는 훌륭한 멋에 마음이 끌리면서도 계속 뒤돌아보기를 단념하고 사지 않은 채로 오사카로 내려갔다. 아무리 좋은 물건인들 장사할 수 없기에 사지 않았던 건 역시 바람직했다. 그런데 그 후 길을 가던 중 교바시(京橋) 근처 도구점에 가보자 우연이라 해야 할지 하늘의 계시라 해야 할지 분명 앞선 등자와 똑같은 등자 한쪽이 있었다. 그래, 이게 따로따로 떨어져서 양쪽이 짝짝이가 되어 있던 거구나, 됐다 이걸 산 뒤 후카쿠사 물건을 사서 양쪽을 맞추면 삼십 냥이야, 하고 뱃속으로 벌써 웃음을 띠며 가격을 묻자 한쪽치고 높은 가격이 붙어있었는데 이 정도 물건은 한쪽이긴 해도 희귀하기 때문에 좀처럼 저렴하지 않다. 하는 수 없이 비교적 비싸긴 해도 심중에 목적이 있었기 때문에 상대의 비싼 가격으로 물건을 산 뒤 자신의 집으로 돌아가 바로 이 이야기를 하고 물론 아버지를 기쁘게 할 생각이었다. 그러자 아버지는 기뻐하기는커녕 크게 노여워하며 "이런 등신 같은 놈, 욕심에 마음이 급해서 등자 좌우도 살피지 않고 사 온 게냐?" 하고 욕을 퍼부었다. 긴파치도 바보가 아니었다. 퍼뜩 정신을 차린 뒤 "아차, 다음부터 주의하겠습니다, 죄송합니다." 하고 고개를 숙였지만 그 뒤 '짝짝이 등자 긴파치'라는 별명을 얻게 되었다고 한다. 이는 원래 한쪽밖에 없던 등자를 후카쿠사에서 값을 매겨 두고 지름길을 돌아가서 똑같은 그 등자를 교바시의 다른 가게에 묻어둔 뒤 긴차피로 하여금 발굴하게 한 것이었다. 마음만 급하지 않다면 속임수를 당할 리가 없으나 앞서 남에게 당해본 적이 없다는 점과 아까 눈여겨보던 것과 분명 똑같은 물건이라고 섣불리 생각해버린 마음의 허점이라는 두 가지 점으로 인해 긴파치 정도 되는 자도 좌우 확인을 잊은 채 한 방 먹은 것이다. 아버지는 과연 늙어서 연공이 쌓여 짝짝이 등자를 짝을 맞춰 팔아 큰 이익을 얻게 되는 그런 달콤한 일은 있을 리 없음을 직감하고 바로 좌우를 알아보지 않은 게냐며 등불을 꺼내 욕심의 암흑을 깨뜨렸다는 점이 과연 아버지다웠다. 물론 후카쿠사를 찾아보아도 등자는 없었고 한쪽 등자라는 뜬소문만이 긴파치의 이득이 되었다. 옛날과 지금은 다르겠지만 지금도 신슈(信州)나 나고

야(名古屋)나 도쿄나 베이징이나 하는 사이에서 이런 수법으로 당한다면 욕심이 가득한 자는 한 방 먹지 않을 것이라곤 할 수 없으리라. 짝짝이 등자 긴파치는 다소 재밌는 이야기이다.

또 다른 옛날이야기를 해보자면 이는 명나라 말기 사람의 잡기에 나오는 이야기라 꽤 복잡하며 그리고 그 이야기 속에 나오는 골동품 애호가들과 골동품상의 가지각색 성격 풍모가 절로 드러나고 더군다나 고급물품에 빠지는 애착과 욕망의 겉과 속이 얼마나 심각하고 위험한지를 이야기한다는 점에서 상당히 재밌게 느껴질 뿐만 아니라 골동품에 대해 일종의 담백한 반성을 일으켜서 나만 그런지는 모르겠지만 흥미롭다고 생각한다. 이야기 속에 등장하는 사람 중에는 유명한 사람도 있기 때문에 당연히 허구 이야기는 아닐 것이다.

정요(定窯)라고 한다면 다소 골동품을 좋아하는 사람이라면 누구든지 알고 있는 귀한 도자기이다. 송나라 시대 정주(定州)에서 만들어졌기 때문에 정요라고 부른다. 자세히 따지자면 그중에서도 남정과 북정이 있는데 남정이란 송나라가 금나라에게 쫓겨나 남도한 뒤이므로 물론 그 전 북송 시대 미술, 천자 휘종 황제의 정화(政和; 휘종의 네 번째 연호) 선화(宣和; 휘종의 여섯 번째 연호) 경, 즉 서기 1110년경에서 20년 즈음까지 기간에 나온 북정 쪽이 값지다. 또 신정이라는 것도 있는데 그건 내려가 원나라 즈음에 만들어진 것으로 진짜 정요가 아니다. 북정 빛깔은 원래 흰색으로 요수(泑水; 중국 신장 소금호수 뤄부포호 물)를 넣을 경우 이를 수 없을 정도로 흥미로운 멋이 생겨나 그다지 특별한 점도 없이 사람을 끌어들인다.

그런데 여기에 정요로 만든 보물 세발솥이 하나 있었다. 이는 세발솥(세발솥은 왕실의 권위를 상징)이므로 분명 당시 궁정에도 바쳤을 텐데 정밀 중에서도 정밀하고 아름다움 중에서도 아름다워 실로 놀라울 정도의 걸작이었다. 처음에는 명나라 성화제 홍치제 즈음 주양(朱陽)의 손 씨가 곡수산방에 소장하고 있었다. 곡수산방 주인 손 씨는 대부호이며 풍류 있는 감상가로 알려진 손칠봉과 친족 관계로 칠봉은 당시 명사였던 양문양(楊文襄), 문태사(文太史), 축경조(祝京兆), 당해원(唐解元), 이서애(李西涯) 등과 벗을 맺었고 정덕제 15년에 살던 곳의 남쪽 산의 난정(蘭亭)에서 칠봉이 예전처럼 수계(修禊; 음력 3월에 하던 목욕재계 의식) 모임을 갖자 당육여(唐六如)가 그림을 그리고 더불어 긴 시를 제했을 정도로 손 씨는 그저 대부호이기만 했던 것이 아니었다. 게다가 그 정요 솥을 안치한 대좌(台座)에는 친구였던 이서애가 전서체로 명문을 써서 새겨 넣었다. 이서애의 명문만으로도 오늘날은 물론 당시에도 귀중했을 것이다. 그런 훌륭한 세발솥이었다.

그런데 가정제 연간, 왜구에게 침략을 받아 손 씨는 대부호였던 만큼 여러 점에서 손해를 입고 점점 가세가 기울어졌다. 그래서 쌓아놓았던 진귀한 물건들을 차례차례 풀게 되었다. 솥은 결국 경구(京口)의 근상보(靳尚宝)의 손으로 넘어갔다. 그 뒤 비릉(毘陵)의 당 태상 응암(凝菴)이 매우 간절하게 희망하여 마침내 응암의 손에 들어갔는데 이 응암이라는 자는 지위도 있고 재력도 있을뿐더러 박아(博雅)하고 감식에도 뛰어나며 물론 학식도 있던 인물이라서 집에 대단히 많은 우수한 골동품을 가지고 있었다. 그러나 이전 손 씨가 소장하던 흰 정요 세발솥이 당도하자 다른 가마 도자기는 전부 그 휘광을 잃을 정도였다. 그래서 천하에 가마 도자기를 논하는 자는 당 씨 응암의 정요 세발솥을 내륙 제일, 천하일품으로 삼기로 해버렸다. 실제 둘도 없을 절호의 기이한 보물이라서 그렇게 한 번 본 자도 한 번도 보지 못한 자도 아무런 이의가 없었고 입을 모아 칭찬 일색인 전설을 전해 들으며 부러움을 자아낼 뿐이었다.

그런데 오문(吳門)에 주단천(周丹泉)이란 자가 있었다. 뜻이 슬기롭고 생각이 영험했던 대단한 영걸로 미술 골동품에 있어 거의 천재적인 안목과 손을 가진 인물이었는데 언젠가 금창(金閶)에서 배를 타고 강우(江右)로 가던 길에 비릉을 들러 당 태상에게 배알을 청하고 천하에 유명한 그의 정요 세발솥을 배견하기를 요청했다. 단천이 속물이 아님을 알고 교제했던 당 씨는 기쁘게 불러들여 그 요청에 응했다. 단천은 연신 칭찬하며 그 솥을 이리저리 꼼꼼히 눈여겨본 뒤 손으로 크기를 재보거나 주머니 종이에 솥의 문양을 따라 그리며 이런 기이한 물건과 마주하여 보고 즐김을 기뻐이 감사해 하며 돌아갔다. 그리고 다시 배를 내어 자신의 여행길에 올랐다.

그로부터 반년 남짓이 지난 무렵 주단천이 다시 당 태상을 방문했다. 그리고 단천은 평온 안녕하게 지난날의 예를 표한 뒤 "간직하고 계신 것과 똑같은 흰 정요 세발솥을 저 또한 손에 넣었습니다." 하고 말했다. 당 태상은 깜짝 놀랐다. 천하일품이라고 자랑했던 게 다른 곳에도 있었기 때문이었다. 그래서 "그렇다면 그 물건을 보여주시게나." 하고 말하자 단천은 들고 왔기에 군말 없이 보여주었다. 당 태상이 손을 통해 가늠하자 크기부터 무게, 골질, 유약 색깔 균형까지 정말 자기 집 것과 조금도 다르지 않았다. 이에 서둘러 자신이 소유한 걸 꺼내 견주어보자 형제나 쌍둥이처럼 어느 쪽이 어느 쪽이라고 말할 수 없을 정도로 똑같았다. 자신의 덮개를 단천의 솥에 대보자 딱 들어맞았다. 대좌를 맞춰보아도 또 그를 위해 만든 것처럼 딱 들어맞는다. 마침내 화들짝 놀란 태상이 숨을 내쉬지도 못할 정도가 되어 "하여 자네이 정요 세발솥은 어디 어느 곳에서 전래하였는가?" 하고물었다. 그러자 단천은 방긋 웃음 지으며 "이 솥은 실은 귀댁에서 나온 것입니다. 이전에 솥을 배견했을 때 제가 그 대소 경중 형태 정신일체를 들어 제 가슴 속에 똑똑히 터득해두었습니다. 그래서 실은 모방하여 만들었기 때문에 있는그대로 말씀드립니다, 존체를 속이거나 하진 않겠습니다."하고 말했다. 단천은 원래 매번 강서(江西) 경덕진(景德鎭)에갈 때마다 고대 가마 도자기 가품(佳品)의 모조품을 솜씨 좋은 장인에게 지시하여 만들게 하고 그 뒤 이른바 발굴 애호가나 비교적 싼 돈으로 좋은 물건을 사려 하는 욕심쟁이나영문도 모르는 주제에 금전적으로 값진 물건을 얻으려 하는이식(耳食; 귀로만 듣고 넘겨짚어 믿어버림)하는 자들을 놀라게 하기 위해 글자 새김과 무늬와 색깔 광택 모두 말문이 막힐 정도로 진품에 버금가도록 제작하고 있었다. 무시무시한 사람으로 명나라 즈음 이미 이런 사람이 있었기 때문에 지금도이 사람이 만들게 한 모조품이 북정요인지 뭔지라며 어딘가집안에 꽁꽁 싸매 귀중하게 보관되고 있을지도 모르는 법이다. 그렇게 주단천의 이야기를 듣고 태상은 새삼 탄복했다.

그래서 "그렇다면 이 새 솥은 나에게 양보해주게, 진품과 함께 소장하여 오래오래 부속품으로 삼을 테니." 하고 말하며 사십 금을 주었다. 물론 단천도 그 뒤로 다시 똑같은 물건을 만들지는 않았을 것이다.

이 정도 이야기만으로도 골동품 애호가들은 배우는 바가 있겠지만 이야기는 아직 계속된다. 그 뒤로 세월이 지나 만력(万暦) 말년 경 회안(淮安)에 두구여(杜九如)라는 자가 있었다. 이 자는 상인이었고 몸집이 컸으며 멋들어진 물건을 사들이기로 이름을 날렸다. 천금을 아끼지 않고 기이한 노리개를 사들여 동원재(董元宰)가 소장하고 있던 한나라 옥장(玉章), 유해일(劉海日)이 소장하고 있던 상나라 황금 세발솥 등등도 전부 두구여의 손에 떨어졌을 정도였다. 이 두구여는 당 태상 집에 있는 정요 세발솥의 소문을 듣고 전부터 어떻게 해서든 손에 넣으려고 엿보고 있었다. 태상가는 손자 세대가 되어 군유(君兪)라는 자가 가주였다. 군유는 명가에서 태어나 자존심도 세고 또한 호화롭게 교제하기를 좋아하는 사람이었기 때문에 구여는 큰돈을 가져와 군유를 위해 축수를 올리고 부디 꼭 그 유명한 정요 세발솥을 배견하여 일생의 숙원을 풀고 싶다고 아뢰었다. 군유는 돈으로 대면을 때우려는 듯한 구여를 그다지 반기지 않았고 또 자기 가문 형편을 낮게 보는 것 같기도 해서 "그래, 보러 들어갑시다." 하고 말한 뒤 반 장난으로 진짜 솥은 깊게 숨겨둔 채 주단천이 본떠 만든 그 부속 모조 솥을 꺼내 보여주었다. 모조 솥이라 해도 솥의 진짜 주인인 응암이 처음에 탄복했을 정도이기도 하고 하물며 진짜 솥을 본 적도 없는 구여이므로 모조품임을 깨닫지도 못하고 그 고아함과 공교함의 위세에 완전히 얼어맞은 끝에 견딜 수 없이 아름다운 물건이라며 빠져들고 빠져들었다. 그래서 강제로 천금을 떠맡기고 따로 이백 금을 중간에 세워 중재해 준 사람에게 보수하여 모조 솥을 호탈(豪奪)하게 한 뒤 떠났다. 교투호탈(巧偸豪奪; 교묘하게 훔치고 권세로 빼앗는다)이란 이미 송나라 즈음부터 자주 보이던 말로 골동품을 좋아하는 사람들에겐 호탈 또한 자연스럽게 일어날 수밖에 없는 일이다. 뭐 그것도 용서해야 한다면 용서해야 할 것이다.

하지만 군유 쪽에선 곤란했다. 왜냐하면 가져간 물건이 진품이 아니었기 때문이다. 군유는 처음엔 자존심이 강하여 배불뚝이 서민 따위 하는 정도에서 모조품을 진품으로 보여줬던 것이었지만 본래가 악인도 그 무엇도 아닌 온후한 사람이라 속인 채 넘겨두면 안 된다고 생각했다. 그래서 문하의 선비를 보내 구여에게 알려주었다. "자네가 가져간 건 실은 모조 솥이네. 진짜 정요 세발솥은 아직 이쪽에 보관되어 있으니 이는 태상 공의 훈계에 준하여 남에게 가벼이 보일 수 없어서 보여드리지 못했어. 그런데 자네가 거의 천금을 써가며 모조품을 가지게 된다면 자네는 몰라도 내 마음에 부끄러움이 들지 않을 수 있겠나. 부디 그 솥을 돌려주게, 천금은 물론 갚을 테니." 하고 이해시켰다. 그런데 세상에 자주 있는 일로서 물건을 팔기 전엔 돈이 귀해 물건을 내놓았지만 물건이 손을 떠나버리면 물건이 없어서 쓸쓸하고 미련이 남아 되찾고 싶어지는 법이다. 두구여 쪽에선 분명 이러하다고 생각하여 모조품이라느니 하는 건 구실이고 약속을 변경하고 싶은 게 본심이라고 보았다. 그래서 "별말씀을. 그런 모조품이 있을 리가 없지 않겠습니까. 설령 모조품이라 해도 저는 괜찮으니 받아가도 후회는 없습니다." 하고 받아쳤다. "그렇게 우리 말에 신용이 가지 않는다면 두 솥을 견주어 보면 어떻겠나?" 하고 한쪽이 말했지만 그래도 다른 한쪽은 반신반의하며 "저는 암만해도 받아 두겠습니다." 하고 고집을 부렸다. 이에 마침내 당군유는 진짜 솥을 꺼내서 가짜 솥과 비교해 보여주었다. 양쪽 모두 훌륭했지만 비교해 보자 신성한 빛깔이나 영험한 위엄 모두 진품이 말할 것도 없이 천하에 둘도 없는 면모를 드러냈다. 하지만 두구여도 앞서 말한 체

면상 뭔가를 어떻게 하려고 하진 않았다. 즉 모조품이란 걸 알게 되었지만 돌려주지 않았다. 그때 구여는 마음속 한편으로 퍽 재밌게 느끼면서도 당사자로선 꽤 이상했을 것이다. 하지만 이런 자세한 사정을 세상이 알아야 할 필요도 없고 구여의 집에는 천금으로 바꾼 보물 세발솥이 전해져 온 것이었다. 구여가 늙어 죽은 뒤 자식이 이를 물려받아 소유하고 있었다.

왕정오(王廷珸), 자는 월석(越石)이라는 자가 있었다. 이자는 한쪽 등자를 긴파치에게 팔아넘기던 부류같이 성품이 좋지 않은 골동품상이었다. 이 남자가 두구여의 집에 대단한 정요 솥이 있다는 사실을 알게 되었다. 구여의 아들은 방탕하여 화류계에 큰돈을 버리고 가세도 점점 안좋아졌다. 이를 기회로 삼아 정오는 두생(杜生)에게 팔백 금을 제공하며 "돌려주시지 못하더라도 댁의 도자기 솥만 넘겨주신다면야." 하고 말해두었다. 두생은 어린놈이라 정오의 꾀대로 솥은 정오의 손에 떨어지고 말았다. 정오는 대단히 기뻐하며 천하일품, 가격 만금 등으로 호언장담하고 허풍을 떨며 전부터 호사가로 드날리던 서육악(徐六岳)이라는 대신에게 팔아넘기려 했다. 정오는 처음부터 서육악을 좋은 먹잇감으로 노리고 있었을 것이다. 그런데 서육악은 정오의 교활함을 싫어하여 고개를 돌려버렸다. 예상이 무너진 정오는 곤란하지만 어찌할 도리가 없었다. 본래 주변을 변통해 세상을 교활하게 살아가던 자라서 함정에 빠뜨릴 대상이 없을 땐 저당을 잡아뒀다가 관심을 보이는 손님이 나타나면 황급히 전당포에서 찾아오거나 하며 십여 년이라는 시간을 마치 바둑을 두듯 계략을 짜며 그사이 이리저리 똑같은 종족 계통의 닮은 자를 찾아 어떻게든 단물을 빨아먹으려 했다. 그러던 사이 태흥(泰興)의 계인시(季因是)라고 하는 당시 지위 있던 자가 정오에게 걸려들었다.

계인시도 전부터 당 가의 정요 솥에 대해 들은 적이 있었다. 물론 본 적도 없고 자세한 사정을 들은 것도 아니었다. 그저 그 이름에 동경을 품고 대단한 명물이라고 생각하고 있었을 뿐이었다. 정오는 인시가 무른 손님임을 간파하고 "이게 그 보물 기물입니다만 이러이러한 사정으로 나오게 되었습니다." 하고 전래한 경위를 적당히 이야기한 뒤 도자기 솥 하나를 팔아넘겼다. 게다가 자신이 두생에게 받은 걸 팔았다면 모르겠지만 모조품도 주단천의 훌륭한 모조품이라면 다행이지, 닮기는커녕 비슷하지도 않은 물건에 그것도 모양조차 다른 모난 솥이었다. 하지만 계인시는 전혀 몰랐기 때문에 정오의 말에 속아 넘어가 대단한 명물을 얻었다는 기쁨에 오백 금이라는 교만세를 지불하고 대단히 싱글벙글거렸다.

그런데 비릉의 조재사(趙再思)라는 자가 우연히 태흥을 지나다가 지인이라서 계인시의 집에 방문하게 되었다. 비릉은 즉 당 씨 가문이 있는 땅으로 같은 비릉 사람이므로 조재사도 당 가에 놀러 간 적이 있었고 그 대명물 정요 솥을 본 적도 있었다. 그 비릉 사람이 오자 계인시는 크게 우쭐해 하며 "얼마 전에 대단한 물건을 손에 넣었는데 그게 즉 당 가가 소장하고 있던 명물로 꼭 구태여 감평을 얻어보고 싶던 참에 마침 왕림해주시니 이것 참 운이 좋습니다." 하고 말했다. 조재사가 그저 예예 하고 대답하자 계인시는 거듭 "당 가의 정요 모난 솥은 예전에 보신 적이 있으시지요?" 하고 물었다. 거기서 조재사는 참다못해 웃음을 터뜨리며 "무슨 말씀입니까, 당 씨의 정요 솥은 모난 솥이 아니라 둥근 솥에 발이 셋인데, 모난 솥이라니 그건 도대체." 하고 답했다. 계인시는 이 이야기를 듣더니 불쑥 성이 나서 안으로 들어가 한참 동안 나오지 않았다. 조재사가 하는 수 없이 기다리는데 저녁 즈음이 되어 마침내 계인시는 밖으로 나와 가시지 않은 노기를 띤 채로 "제게 모난 솥을 팔아넘긴 왕정오란 놈, 이런 사람을 바보로 만드는 못된 놈, 총애하는 남과(南科)의 굴정원(屈静源)에게 제가 지금 서면을 보냈습니다. 정원이 저를 위해 이 일을 매듭지어 줄 겁니다." 하고 말하는 것이었다. 과연 굴정원이 관리에게 맡겨 추리하려 하자 왕정오는 크게 실패하여 쏜살같이 모습을 감추어 버리고 다른 사람에게 부탁해 사과를 전하며 따로 모조품 따위를 보내 감옥 투옥을 겨우 면했다.

이야기가 이 정도에서 끝나도 꽤 웃기기도 하고 얄밉기도 하여 충분하지만 아직 계속되니 더더욱 기묘하다. 정오의 지인 중 황황석(黃黃石), 이름은 정빈(正賓)이라는 자가 있었다. 정오와 같은 휘주 사람으로 일가친척 관계였는데 이 남자는 지체 높은 관리 사이에서 놀며 고대 제기나 서화 같은 종류를 조금 모아두고, 또 약간은 보는 눈도 있어서 본업은 아니지만 반 전문가로서 사고팔고 하던 남자였다. 이런 남자는 세상에 꽤 존재하는 부류로 고상하면서도 속물이고, 속물이면서도 유별나고, 바보 같으면서도 영리하고, 영리하면서도 결국은 바보 같았다. 재주가 없는 재인이었다. 이 정빈은 늘 정오와 서로 소유한 골동품을 거래하거나 매매를 알선하고 알선받으며 즐거워하곤 했다. 이 남자가 자신의 훌륭하고 상태가 좋은 예운림(倪雲林) 산수화 한 폭을 정오에게 팔아달라고 부탁하려 했다. 가격은 백이십 금으로 적지 않은 정도의 금액이었다. 그래서 정오의 손에 부탁해두긴 하지만 돈이 걸려있기도 하고 이야기가 멀어지며 길어지는 사이 무슨 일이 벌어질지 모르기 때문에, 그리고 좀처럼 허투루 넘어가는 일이 없는 남자였기 때문에 그림 속 남모를 곳에 미리 자신의 화압(花押)을 표시해두고 물론 정오에게도 그 사실을 비밀로 해두었다. 정오는 그 운림을 보자 굉장히 멋지고 훌륭해서 욕심이 나지 않을 수 없었다. 그래서 능숙한 위조 붓쟁이에게 부탁해 완전히 똑같은 모본을 만들어내게 했다. 정빈이 돌려받으러 왔을 때 미원장(米元章; 그림 베끼기로 유명했던 송나라 화가) 같은 교묘한 속임수로 모본 쪽을 건네며 모르는 척을 하려 했던 것이었다. 그런데 상대에게도 수호신이 붙어 있지 않을 리가 없어 빈틈없이 숨겨둔 인장이 있다는 사실까진 알아채지 못했다. 이러한 사정에 아무리 시간이 지나도 팔리지 않는다. 이에 정빈은 하인 사내를 보내 운림을 돌려받아 오게 했다. 물론 사내에게 숨겨둔 인장에 대해 숙지시켜 두었다. 이 사내는 왕불원(王仏元)이란 자로 평소 주인들의 조금도 빈틈이 없는 모습을 보고 들어 알고 있었는데 보통 영리한 놈이 아니었다. 그렇게 불원이 정오에게 가서 운림을 돌려달라고 하자 정오는 승낙하며 한 폭을 돌려주었다. 그림은 그 어떤 다른 점도 없었다. 하지만 불원은 숨겨진 인장이 찍힌 부분에 대해 그 유무를 조사했다. 이상하게도 주인의 화압은

온데간데없었다. 정오가 막 건넨 화압이 없는 화폭은 틀림없는 모조품인 것이다.

불원은 역시 생각대로군 하고 뱃속으로 히죽히죽 웃었다. 그러나 이 사내는 또한 봉서 종이 한 장으로 신켄시라하도리(真剣白刃取り; 상대가 내리치는 칼을 두 손으로 잡는 방어술)를 하는 데 익숙해진 사내라 "이거 이상하구먼, 모본 위작을 건네주시다니." 하고 바로 자신이 가진 논리의 나무 검을 정면으로 휘두르며 상대의 흉악한 진검과 맞붙는 불리한 짓을 하는 자가 아니었다. 아무렇지도 않은 표정으로 모본 운림을 받아들었다. 적의 진검을 받아내지 않고 시치미를 떼며 몸을 돌려 위험하지 않은 곳으로 피신한 것이다. 그리고 이렇게 말했다. "주인 어르신께서 제게 다만 그림만 받아오지 말고 여기 정요 솥을 맡아서 가져오라고, 가격에 대해선 조만간 의논하겠다며." 하고 말했다. 정요를 팔아넘길 곳이 있다는 듯한 얘기였다. 그래서 정오는 기뻐하며 예의 솥을 꺼내 불원에게 넘겼다. 정오는 불원에게 더 긴 진검을 넘기고 만 것이었다.

그때 정빈이 찾아왔다. 그리고 그림을 검사한 뒤 "팔지 못했다면 팔지 못한 거고 원래 물건을 돌려줘야지, 교활한 짓을 하면 곤란하네." 하고 말하자 "어처구니가 없군, 이건 정말 원래 물건이라고." 하고 정오는 끝까지 우긴다. "아니, 그렇게 넘어갈 순 없지. 내가 표식을 숨겨두었어, 그게 지금 어디 있나. 그렇게 무르게 당하고 있을 내가 아니야." 하고 말했다. "그거야 트집 잡는 거지, 원래 물건을 돌려줬다면 문제없잖아." 하고 말한다. 양쪽 모두 막상막하로 크게 다투며 시끄럽게 싸웠는데 불원은 좌우 손가락을 솥의 귀(솥 양쪽에 달린 손잡이 고리)에 걸어 이 솥을 돌려줄 수 없다는 시늉을 하고 있었다. 싸워서 이긴들 솥을 뺏기면 아무런 소용이 없음을 깨달은 정오는 틈을 노려 솥을 탈취하려 했지만 귀를 단단히 쥐고 있어 교묘하게 빼앗을 수 없었다. 귀가 꺾이고 솥이 땅으로 떨어진다. 쨍강 소리와 함께 천만금으로 여겨지던 물건은 산산조각이 나고 말았다. 앗 하고 분한과 원한이 일시에 폭발한 정오는 필사적으로 당면한 적인 정빈에게 크게 박치기를 먹였다. 정빈은 갈비뼈를 다쳐 졸도하고 자리는 엉망진창이 되었다.

　원래 정빈은 최근 역경에 처해 있었고 살림도 어려워져서 아까운 운림마저 손에서 풀어놓을 정도였던 참에 정오에게 모욕을 당하고 물건은 빼앗기고 갈비뼈를 다치게 되자 울화통이 일시에 몰려와 저녁을 넘겨 끝내 죽고 말았다. 정오도 인명사태가 났기 때문에 그 지방에 머물지 못하고 출발하여 항주(杭州)로 자취를 감췄다. 주단천이 만든 모조품은 이렇게 흙으로 돌아가게 되었다.

이야기는 이제 이로도 충분하지만 더 계속되니 죄가 크다. 예전에 정오가 수집했던 정요 솥 종류 가운데 당 씨가 소장하던 정요 솥이라며 대명물로 사람들을 속일 만한 것이 아직 남아있었다. 정오가 항주로 도망쳤던 당시 노왕(潞王)이 잠시 항주에 거처하고 있었다. 정오는 노왕의 승봉인 유계운(兪啓雲)이라는 자를 만나 모조 솥을 꺼내 보여주며 이게 예전에 당 씨가 소장했던 대명물이라며 허풍을 떨었다. 그리고 노왕에게 안내받아 원금 천육백 금에 승봉에게 줄 사백 금까지 이천 금에 팔아넘겼다. 때는 이미 명나라 말기에 접어들어 만사가 거칠고 사람도 온전한 자가 없었기 때문에 주방 관리 중 다소 졸렬하고 칠칠치 못한 자에게 솥을 보관하던 자물쇠 열쇠를 맡겼다가 그 남자가 실수로 모조 솥 한쪽 다리를 부러뜨리고 말았다. 그리고 그 남자는 죄가 두려워 몸을 던져 죽고 말았다. 그즈음 대군이 항주로 들어와 노왕은 달아나고 승봉은 망가진 솥을 전당강(錢塘江)에 빠뜨리고 말았다고 한다.

이렇게 한 줄기 이야기가 마무리되는데 골동품에 관한 수많은 갖가지 현상들을 한 번에 보여주는 건 오직 이 이야기 밖에는 없을 것이다. 골동품은 좋고 골동품은 재밌다. 다만 바라건대 교만세 대금을 척척 내가며 즐기고 싶다. 누군들 정오나 정빈과 같은 자와 얽히고 싶지는 않을 것이다. 그리고 또한 아무리 하찮은 사람이라도 솥 다리를 부러뜨려 몸을 던지게 되고 싶은 자는 없을 것이다.

마법 수행자

마법.

마법이라니 이 얼마나 우스운 말인가.

하지만 마법은 어느 나라 어느 시대에나 사람들의 마음속에 존재했다. 그리고 어쩌면 지금도 존재하고 있을지 모른다.

이집트, 인도, 중국, 아랍, 페르시아 모두 마법이 크게 성행하던 나라들이다.

진지하게 마법을 다뤄본다면 어떨까. 이는 인류학에서 다뤄야 할 사항들이 많으리라. 또 종교 일부분으로서 다뤄야 할 조목도 많을 것이다. 전설 연구 안에 넣어서 다뤄야 할 부분도 많을 것이다. 문예 작품으로, 심리 현상으로, 그 외 각종 의미로서 다뤄야 할 점도 많을 것이다. 문학, 천문학, 의학, 수학 등등도 그 역사의 첫머리는 마법과 관계가 있다고 해도 좋으리라.

따라서 마법을 분류한다면 철학스러운 유현(幽玄)하고 고원(高遠)한 것부터 요술처럼 비소(卑小)하고 천루(浅陋)한 것까지 그 종류와 단계가 어느 정도인지 다 알 수 없다.

그래서 세계의 마법에 관한 이야기란 한 달 두 달로 끝낼 수 있는 것이 아니다. 예를 들면 마법 가운데 가장 작은 일부인 염승(厭勝) 술수 중, 그중에서도 또 작은 일부인 마방진만 해도 실로 이루 다 말할 수 없다. 그뿐만 아니라 중국이나 다른 나라에서도 마방진에 병과 재앙을 물리쳐 없앨 힘이 있다고 믿으며 또 혹은 이를 연역하여 미래를 알 수 있다고 믿곤 했다. 낙서(洛書: 우왕이 거북의 등에서 발견했다는 다섯 점과 아홉 무늬)란 가장 간단한 마방진이다. 그것이 성전인 역(易: 우주의 변화운행에 관한 고전인 역경)과 관계된다. 구궁(九宮) 방위 이야기, 팔문둔갑(八門遁甲) 전설, 세 가지 운명점, 구성(九星) 점술 모두 이와 이어진다. 이 정도 이야기조차 쉽사리 이루 다할 수 없다. 1부터 9에 이르는 수를 아홉 격 정방 안에 하나씩 넣어두고

세로선, 가로선, 대각선, 각 모퉁이, 여기저기 사방 모퉁이까지 전부 34가 된다. 스물다섯 격 안에 같은 식으로 1부터 25까지 넣으면 65가 된다. 서른여섯 격 안에 36까지의 수를 넣으면 111이 된다. 그 이상으로도 얼마든지 만들 수 있다. 그러나 그 방법을 모르는 채로 늘어놓으면 근수(根數)가 너무 많아져서 하루가 걸려도 만들 수 없다. 고대인이 경이로워 한 것도 무리는 아니지만 오늘날에는 바쉐(bachet) 방법. 푸아냐르(poignard) 방법, 그 외 다른 방법을 익히면 꽤 커다란 마방진도 손쉽게 늘어세울 수 있다. 하지만 마방진 이야기만 해도 고대 중국과 인도부터 그 역사, 그 영향, 오늘날 수학적 해석 및 방법을 전부 이야기하자면 한 권의 책을 만들어도 부족할 것이다. 지극히 작은 일부 속 작은 일부라고 해도 마찬가지이다. 그러한 까닭에 마법 이야기라 한들 끝이 없는 것이다.

우리나라의 마법 역사를 일별해보자. 우선 상고시대에 염승 술수가 있었다. '주문 외다(呪ぅ)'에서 '주문(呪)'이라는 단어는 분포구역이 세계적으로 매우 넓은데 우리나라에서도 라틴이나 젠드(Zend-Avestā; 조로아스터교의 경전)와 관련 있다는 점이 흥미롭다. 금염(禁厭)이 주문 막이를 뜻하게 된 건 오래전 일이다. 신대(神代; 천황 이전 신이 통치하던 신화시대)부터 존재하

던 말이었다. 하지만 신대에는 나쁜 일, 흉한 일을 눌러 막는 다는 뜻이었다. 나라(奈良) 시대 조정이 되면 머리카락을 더러운 사호 강(佐保川) 해골 속에 집어넣고 '주문'을 거는 음흉한 자도 있었다. 이는 저주 조복(調伏; 불심으로 악을 제압)이나 염매(厭魅; 가위눌리게 함) 등 좋지 않은 의미였다. 당시 이미 그런 방법이 있었던 듯하고 그런 짓을 하는 자도 있었던 듯하다.

신내림, 신병 같은 종류도 아마 상고 때부터 존재했을 것이다. 진무천황 15대 16대 즈음에 분명하게 보인다. 하지만 고사기(古事記), 일본서기(日本書紀)와 함께 이는 허구가 많다고 생각된다. '미와산 신께서, 내리신 널판, 그 삼나무처럼, 생각이 끊이지 않네, 사랑의 괴로움으로.'라는 만요슈 9권의 가사를 통해서도 알려졌지만 후대에도 '고토(琴; 일본식 거문고)의 널판'이라는 것이 삼나무로 만들어져 이를 통해 신의 가르침을 받을 수 있도록 한 것이다. 이는 마법이라 부를 만한 것이 아니고 신의 가르침을 정성스럽게 숭배했던 것이므로 마법으로 논할 순 없다. 불교 무속의 '시동(尸童; 제사나 의례 때 신위에 대신 앉히던 어린아이)', '신목(神木)'과 살짝 비슷할 것이다.

불교 도래에 이르러 저주 등이 생겨났겠지만 불교를 싫어하는 파수꾼 산막도 '이런저런 저주 술법을 제사지냄'이라고 수경(水鏡; 일본 고대 역사 이야기책)에 쓰여 있으므로 상대가 외국식으로 자신들 파수꾼을 공격한다면 자신들도 자국식 저주를 했던 걸지 모른다. 하지만 수경은 신빙할 만한 서적이 아니다.

엔노 오즈누(役小角; 일본 불교 종파인 슈겐도의 창시자이자 수행자)가 나옴에 이르러 꽤 마법사다운 마법사가 등장하게 된다. 가쓰라기(葛城) 지역의 신을 부리거나, 젠키고키(前鬼後鬼; 엔노 오즈누가 부린 부부 귀신)를 거느리거나, 이즈(伊豆) 지방 오시마(大島) 섬에서 후지산까지 날아가거나, 마지막에는 어머니를 철통에 넣어 외국으로 갔다고 하지만 믿을 만한 근거도 그다지 없다. 오즈누는 공작명왕(孔雀明王; 재앙을 물리치고 중생을 돕는 불교 밀교의 명왕) 주술을 가지고서 그렇게 했다고 하는데 과연 공작명왕 같은 호기로운 자에게 빌어 수행 성취했다면 신묘하고 기이한 일도 가능했을지 모르지만 오즈누 당시에는 아직 당나라에 공작명왕에 대한 무언가가 아무것도 생기지 않았으리라 생각한다. 좀 더 조사되었으면 한다.

시라야마(白山; 영산으로 유명한 화산) 산악 수행자나 고승 수도자 또한 대단한 마법사인 듯하다. 바다 위 배에서 산속 암자로 쌀 포대를 연달아 공중으로 날려 보내거나, 시신덴(紫宸殿; 일본 왕실의 정식 궁전)을 수제 지진으로 흔들어서 공경, 당상관을 놀라게 하거나 한 건 활동사진 영화로도 참 재밌지만 원형석서(元亨釈書; 일본 최초 불교 역사서) 등에 나오는 신나는 이야기는 대중문예가 아닌 대중종교로서도 하핫 재밌네 하고 들어두기에 적당하다.

구메(久米) 신선에 이르러서는 영화에서도 싱글벙글한 장면이 나오기에 이른다. 신선은 건축에 뛰어나서 홍법대사(弘法大師) 등도 처음에 구메 님이 건립한 절에서 공부했을 정도로 상당한 마법사였기 때문에 구름 정도는 올라탔겠지만 빨래하던 여인 쪽의 마법이 한 단계 위라서 패배하여 낙제생이 되거나 한 건 애교와 군침이 함께 흘러넘칠 만큼 실로 호인답다.(구름을 타고 가던 구메 신선이 빨래하던 여인의 하얀 허벅지를 훔쳐보다가 구름에서 떨어지고 신통력을 잃게 됨)

나라 조정에서 헤이안(平安) 조정, 헤이안 조정으로 오면 진정 외면은 아름답고 내면은 추한 세상이었기 때문에 마법 같은 것들이 벌어지기 가장 적당한 시대였다. 겐지 이야기(헤이안 시대 장편소설)는 얼마나 주술이 일반적이었는지를 이야기하고 얼마나 법력이 귀중한지를 이야기한다. 이 시대 사람들은 대체로 현세적 기도를 일삼는 파계승의 말을 비판 없이 받아들이며 장군 가문이 난을 일으켜도 호마(護摩; 불태워 제사 지내던 공양물)를 태우며 엎드려 빌던 수준이었고 감정의 줄은 거미줄만큼 가늘어져 온갖 맹신에 찰싹 달라붙어 허례와 미사여구와 음란으로 간신히 살아가고 있었다. 생령, 사령, 저주, 음양사 주술, 무당의 말, 방위, 기도, 원령, 환생, 악마, 인과, 요괴, 초능력 동물, 여기저기 그 모두에게 머리를 조아리며 이를 믿고 이를 경외하고 혹 이를 의지하고 혹 이를 이용했다. 겐지 이외 문학 및 또 더 내려가 곤자쿠(今昔物語集: 헤이안 후기 설화집인 『곤자쿠모노가타리슈』), 우지(宇治拾遺物語: 헤이안 시대 뒤 가마쿠라 시대 설화집인 『우지슈이모노가타리』), 저문집(古今著聞集: 가마쿠라시대 풍속설화집인 『고금저문집』) 등 잡서들을 살펴보면 이 시대가 마법이 아니더라도 적어도 마법 같은 것들을 얼마나 믿고 받아들였는지 알 수 있다. 지금 일일이 그 예시를 들 수도 없지만 일본인의 맹신은 대개 이 시기부터 무르익기 시작해 최근까지 이른 것이다.

대략의 이야기는 우선 여기까지로 해둔다.

우리나라의 마법류 명칭을 들어보자. 우선 마법, 그리고 요술, 환술, 게호, 여우 부리기, 이즈나 법, 다키니 법, 인술, 합기술, 그리스도 신부 법, 무당 넋두리, 식신 부리기. 대개는 이런 것들이다.

그중 그리스도 법은 다소 이상하게 들릴지 모르지만 지금으로부터 보자면 이해할 수 없는 것들에 대한 경외에서 나온 과장이었을 것이다. 식신(識神) 부리기는 아베노 세이메이(安

倍晴明: 헤이안 시대 궁중 음양사)가 마지막으로 알려져 있다. 무당 넋두리, 유랑 무녀는 우리나라의 오래된 신내림 술이 불교의 윤회설과 섞여 변형된 듯하다. 이는 메이지 시대까지 존재했고 지금도 벽촌에선 은밀히 존재할지도 모르나 영업적인 술법이다. 다만 여기에는 '게호'가 연결되어 있다. 인술은 메이지 시대가 되어 마법 요술이란 의미로 사용되었지만 이는 전란 시대에 적의 상황을 알아내기 위해 잠입 밀정하던 술법으로 일부는 진언종같이 결인(結印)으로 저주를 부리기도 했다지만 병법이 그 연원이다. 합기술은 검객이나 무예가 등이 자신의 정신 위력으로 적의 기개를 꺾을 때 단련하여 맑아진 자신의 기를 미묘한 기술을 통해 적에게 관통시키던 술법이다. 마사키(正木俊光; 병법가이자 검객인 마사키 도시미쓰)의 기합 이야기를 보면 이것이 어떤 술법인지 가늠해 볼 수 있다. 마법 종류는 아니다. 요술 환술이란 그냥 글자 그대로이다. 하지만 중국식 요술 환술, 인도식 환술사 술법에서 전해진 흔적은 오히려 적다. 오즈누 또는 조조(浄蔵; 헤이안 중기 천태종 승려) 등의 기적은 요술 환술로 고려되지 않고 신통한 도력같이 다루어져 왔다. 오즈누는 대일본사(大日本史; 역사서)에서 도사나 날개 달린 신선 부류 등으로 다루어졌지만 오즈누는 전부 그가 죽고 이백 년 정도가 지나 쇼보(聖宝; 헤이안 전기 진언종 승려로 오즈누의 가르침을 따름)가 등장한 무렵부터 이런저런 대접을 받기 시작했고 그 사이 이백 년의 공백이 있으므로 쇼보의 위대함과 그 길에 대해서는 대충 확인이 되지만 오즈누가 어떤 인물이었는지는 전설화된 인물로 판단하는 수밖에 없다. 쇼보는 밀교(密教; 명확한 언어 문자가 아닌 은밀한 방식으로 가르침을 전하던 불교 교파) 인사(人士)이다. 오즈누는 도가(道家)가 아니었다. 물론 도가와 불가가 서로 잡아끌어 중국에선 이미 혼재되어 있으며 따라서 일본에서도 슈겐도의 행위 등 도가스러운 것도 있고 불가가 구지(九字; 도가에서 시작된 아홉 글자 호신용 주문) 외우기 등 도가의 저주를 부리거나 부적류를 쓰기도 한다. 신불(神仏; 일본 고유신앙인 신토神道와 불교) 혼재는 일본에서 생겨났고, 도불 혼재는 중국에서 생겨났으며, 불법바라문 혼재는 인도에서 생겨났다. 그 무엇도 이상하지 않다. 다만 여기서는 우리나라라는 곳의 요술 환술이 별도로 중국 인도 등에서 전해져 온 한 계통이 존재하는 게 아니라 글자 그대로의 술법이라는 것이다.

그리고 '게호'에 이르게 된다. 이는 현법(眩法)인지 환법(幻法)인지 외법(外法)인지 불분명 하지만(발음이 전부 [게호]와 비슷) 어쨌든 '게호'라는 말은 중고 시대 이래 사용되어 지금도 남아있다. 증경(增鏡; 중세시대 왕실문학) 5권에 태정대신 후지와라

기미스케 재상이 머리가 크고 이마가 튀어나왔는데 게호 취향이라서 "게하우 등등 제의를 드리는 방금 자른 목이 있는 곳에 어느 신선이라는 자가 히가시야마(東山) 부근으로 잡아가 버리니 후에 이런저런 소문이 들려와"라는 일이 적혀있어 아직 해골이 되지 않은 막 자른 목을 빼앗겼다는 것이다. 그렇게 보면 이 사람의 훙거(薨去)가 분에이(文永) 4년 호조 도키무네(北条時宗) 집권 즈음이니 그 당시 '게호'라고 칭하는 것이 있었고 게호라고 하면 세상 사람들이 즉각 어떤 것인지 알아들을 수 있을 만큼 일반적으로 알려져 있었다는 것이다. 내전(內典) 외전(外典)처럼 게호는 외법에 외도같이 불법(佛法)이 아닌 교법을 의미하는 걸까. 뭐가 어떻든 매우 특이하므로 게호는 마법임이 분명하다. 그 뒤로도 '게호 머리'라는 말이 남아 후쿠로쿠주(福禄寿; 칠복신 중 하나로 키가 작고 머리가 기다람) 같은 머리를 아마 지금까지도 교토 오사카 지역에선 게호 머리라고 부르며 도쿄에서도 메이지 시대 즈음까진 나막신 모양을 일컬어 게호라고 부르곤 했다. 지쿠사이(竹斎; 에도 시대 통속소설)인지 뭐였는지 도쿠가와 초기 통속소설에도 게호 머리라는 말이 나오고 '게호 내리막길'이라는 기발한 속담도 있는데 후쿠로쿠주 같은 머리라면 내리막길이 이상하도록 빠르리라. (요술, 외법이 한번 격파되면 완전히 파멸해버리듯 한번

실패하면 돌이킬 수 없음을 말하는 속담)

통행본 태평기(太平記; 중세시대 역사서) 36권, 사가미(相模) 지방 장관 호소카와 기요지(細川淸氏) 반역 사건을 기록한 부분에서는 "게호 성취 시이쓰(志一) 대사 가마쿠라(鎌倉) 지방보다 위로 올라가." 운운하고 있다. 간다(神田)본 같은 책에는 "이 시이쓰 대사는 원래 사악 천도법 성취한 인물인 데다 최근 가마쿠라에서 여러 사람이 영험한 경험을 하여 귀의함이 얕지 않고, 하다케야마(畠山; 가마쿠라 근처 산) 산 불가 입교 제반 깊게 신앙에 의지하여, 관동지방에서도 불가사의를 드러내는 사람"이라고 쓰여 있다. 기요지는 이 시이쓰에게 부탁해 다키니천(茶枳尼天; 불교 밀교의 여신이자 야차 중 하나. 다지니천으로도 부름)에게 아시카가 요시아키라(足利義詮)를 죽여달라고 비는 기원문을 봉했다고 한다. 그렇다면 '사악 천도법 성취'란 다키니천을 모시는 도법 성취이며 시이쓰라는 중은 그 법을 통해 '불가사의를 드러내는' 자이다. 이로써 당시 게호라고 불렀던 것은 다키니천 술법이라는 것을 알 수 있다. 아마 게호는 헤이안 시대 즈음 생겨났을 것이다.

여우 부리기는 마찬가지로 다키니 법일지 모른다. 하지만 여우는 중국에서도 영물로 보았고 우 임금이 꼬리 아홉 달린 여우를 아내로 취했다거나 하는 바보 같은 이야기도 상당히 오래전부터 전해져왔으며 주역에서도 여우는 절대 평범한 짐승이 아니라는 식으로 다루어져 후에는 여우 왕묘 등도 곳곳에 생기고 호미(狐媚; 여우의 눈썹으로 아양과 아첨을 의미) 호혹(狐惑; 여우 같은 유혹) 이야기는 잡서 소설에 번거로울 정도로 보인다. 인도에서도 여우가 불전에 자주 보이고 야간(野干; 여우와는 조금 다른-저자주)은 늘 간특한 동물로 등장한다. 다키니천도 여우를 타고 있으므로 공작명왕이 공작의 명왕화, 가루라 명왕이 가루라의 명왕화인 것처럼 다키니천도 여우의 불신화일 것이다. 우리나라에서 여우는 아무것도 아니었지만 그래도 게카이(景戒)의 영이기(靈異記; 승려 게카이가 쓴 중세설화집) 등에는 이미 영묘한 동물로 여겨졌던 흔적이 남아있다. 여우는 이나리(稻荷) 신의 사자인데 '사자'란 처음에 모두 '연상'에서 만들어진 우아하고 아름다운 감상의 가탁으로 비둘기(일본어 발음이 [하토])는 하치만 보살의 '깃발([하타])'에서, 사슴(鹿)은 가스가타이샤(春日大社) 신사 제일전(第一殿) 가시마(鹿島) 신 행차 때 올라타는 수마석인 '사슴돌'에서, 까마귀(鳥; [가라스])는 구마노(熊野) 지방에서 야타가라스(八咫鳥) 신과 연관해서, 원숭이(猿; [사루])는 히요시산노(日吉山王) 신사 월례 행사 사루타히코 대신(猿田彦大神) 제사의 '원숭이'와 연관된다는 식으로 선조들도 설명했지만 이나리와 여우는 아무런 연관도 없다. 그저 이나리는 곡식을 지키는 신으로서 마음속에 벼가 자란(稻生; [이네나리])다고 하여 '이나리'인데 미케쓰노카미(御饌津神; 이나리의 다른 이름)의 그 미케쓰에서 '케쓰네', 즉 여우([키쓰네])를 끌어냈다고는 하지만 다이코쿠텐(大黑天)(다른 이름 오나무치노카미-저자주)에서 쥐([네즈미])보다도 더 연관이 먼 이야기이다. 하지만 일찍이 이나리에게 여우는 신의 사자였다. 라고 해서 이나리 님이 여우 부리기와 관계가 있으리란 법은 없으므로 역시 이는 여우를 탄 다키니천 쪽에서 나온 말로서 다키니 술법을 부리는 자가 즉 여우를 부렸을 것이다. 다키니는 곡식을 지키는 신도 아니고 본래 아귀와 같은 존재로서 죽은 자의 심장을 먹어치우는 자이지만 다른 큰 귀신을 대적할 수 없어서 사람의 죽음을 육 개월 전에 미리 알아채고 선취권을 확보하는, 도무지 이나리 님처럼 복이 넘치는 존재가 아니다. 다키니는 또한 아수라바스라고도 불리는데 그 의미는 '피를 마시는 자'이다. 여우 부리기의 여우는 사람에게 재앙과 죽음을 부여한다고 여겨진다. 그렇게 보자면 다키니의 여우는 이나리 님의 여우가 아닌 셈이다. 오에노 마사후사(大江匡房)가 기록한 여우 대향연은 호리카와 천황 고와(康和) 3년의 일이다. 사골 등을 대접했다고 하니 그 즈음부터 다키니의 여우라는 존재가 사람들의 사상 속에 있었던 게 아닐까 싶지만 이건 정말 상상일 뿐이다. 확실하게 여우를 부린 자는 오에(応永) 27년 9월 아시카가 요시모치(足利義持) 장군의 의사였던 고텐(高天)이라는 자와 그 부자 세 명으로 장군에게 여우를 붙인 사실이 들통나 같은 해 10월 사누키(讚岐) 지방으로 유배되었음이 연대기에까지 나온다. 역시 다키니 술법이었으리라 사견되지만 다른 자가 기도했는데 여우 두 마리가 무로마치 어소에서 뛰어나오던 모습을 보고서 장군의 오랜 병이 계속 낫지 않던 나머지 사람에게 여우를 씌우는 등에 대한 믿음이 일반에 퍼져 있는 틈을 타서 다른 자에게 꾸밈당해 덮어 씌워진 억울한 죄명이었을지도 모른다. 하지만 어쨌든 아시카가 시대에는 일반에게 그러한 마법, 계호, 사도의 존재가 인정되고 있었음은 확실하다. 세상이 여우를 너무 대단한 존재로 생각하여 '여우 잡기' 같은 재밌는 막간 희극이 나오기까지 이르렀다, 라는 식으로 관찰하면 '여우 잡기'도 심히 흥미롭다.

　이즈나 법이라 하면 드디어 사람들에게 마법 본류의 큰 줄기로 여겨지기 시작한다. 이즈나(飯綱)란 원래 산 이름으로 신슈(信州) 북부, 나가노(長野) 북방, 도가쿠(戸隠) 산으로 이어지는 상당히 높은 산이다. 이 산은 고대 미생물의 잔해가 도카쿠 산 쪽에 흙처럼 남아있다. 덴구(天狗: 산속에 살며 하늘을 날아다니는 괴물) 보리밥이나 아귀 보리밥으로 불리는데 이 산뿐만 아니라 여러 곳에 있다. 아사마(浅間) 산 관측소 근처에도 있다. 홋카이도에도 있고 중국에도 있기 때문에 태평광기(太平広記)에도 쓰여 있다. 이는 본래 동물질이라 먹을 수 있다. 그래서 이즈나(飯綱)라는 명칭은 표기가 다른 뜻글자로 이 잔해가 있으므로 이스나(飯沙: 먹는 모래라는 뜻) 산이란 것이다. 이러한 살짝 다른 점 때문에 옛날에 음식을 보호하던 신, 즉 이나리 등도 빌고 모셨을지 모른다. 그런데 저문집에 지테이(知定) 장군이 다이곤보(大権坊)라고 하는 기이하고 영험한 승려 아래에서 수행하던 즈음 열심히 살아있는 여우꼬리를 구하려 했던 적이 몇 번 있었던 만큼 다키니 법은 옛날부터 행해졌고 이나리와 다키니는 여우를 통해 혼재되어 버렸다. 문덕실록(文徳実録: 문덕천황실록)에 보이는 무시로다(席田) 고을의 요망한 무당이 그 영혼을 뒤바꿔 심장을 먹어치우고 뭔가가 자라나게 하여 백성에게 독해를 입혔다고 하는 부분도 심장을 먹어치웠다는 부분이 다키니 법처럼 느껴진다는 점에서 생각해보면 꽤 옛날 곤자쿠모노가타리(今昔物語)에 나온 외술(外術)이라는 것 또한 역시 게호와 마찬가지로 다키니 법스럽게 색은행괴(索隱行怪) 무리에게 차례차례 전수되었으리라 생각한다. 전설에 따르면 미노치(水内)군 오기와라(荻原)에 부젠

(豊前) 지방 장관인 이토 다다쓰나(伊藤忠繩)라는 자가 있었는데 호리카와 천황 말기 덴후쿠(天福) 원년(시조 천황 원년으로 호조 야스토키北条泰時 집권 시기-저자주)에 이 산에 올라 식음을 끊고 무슨 신인지 모르겠지만 그 신의 뜻을 받아 기원에 집중했다고 한다. 곡식을 끊어도 먹을 수 있는 흙이 있으므로 참고 견딜 수 있었을 것이다. 그리고 마침내 자유자재한 대능력을 얻어 거의 이백여 년을 산 뒤 오에 7년 아시카가 요시모치 시기에 죽었다는 것이다. 이것이 이즈나 법의 시작으로 그 뒤 그 아들 모리쓰나(盛繩)도 마찬가지로 법을 얻어 기이한 증험을 드러냈고 이즈나의 센니치케(千日家) 일가는 이 부자로부터 성립하여 이즈나 고겐(權現; 신의 칭호)의 신관이라 할만한 자들이 되어 도쿠가와 초기에 백석에 붉은 도장(장군 등 최고 권력자가 발행하던 붉은 권리증 도장)을 받았다고 한다.

현재는 이즈나 신사로서 정식으로 기재된 미노치 군 황족 수명(皇足穗命; 이즈나 신사에 하사된 호칭) 신사이다. 옛날에는 이즈나 다이묘진(大明神; 신의 칭호) 혹은 이즈나 고겐으로 칭했고, 그 전에 밀교와 슈겐도의 성지였다. 바깥에는 대부분 다키니 천을 모신다고 알려져 있지만 산에서는 승군지장(勝軍地藏)을 본디 모시고 있었다. 승군지장은 일본제 지장보살로 몸에 갑옷을 두르고 군마에 올라타 석장과 보주를 든 채 후광을 이고 있다. 자못 일본 무사적이기에 가마쿠라 아니면 아시카가 시기 불상이겠지만 지장십륜경(地蔵十輪経)에서 이 보살은 혹 아수라의 화신을 나타낸다고 했기 때문에 갑옷을 입고 말을 탄 채 굳은 표정을 하고 있는 것도 이상할 건 없다. 야마시로(山城)의 아타고(愛宕) 신도 승군 지장을 모셨는데 그 옆 덴구다로보(太郎坊) 등의 무서운 자들로 이름 높다. 승군지장은 언제나 무운을 지키기 때문에 복덕을 베풀어 주신다는 신앙과는 대조적이다. 아케치 미쓰히데(明智光秀)도 노부나가를 죽이기 전 아타고로 가서 '때는 이제 막, 천하를 호령하는, 오월이로다.' 하는 첫 구로 렌카(連歌; 둘 이상이 구를 차례로 이어가는 노래 형식)를 바쳤을 정도이다. 이즈나 산도 아타고 산에 뒤지지 않는다. 다케다 신겐(武田信玄)은 이즈나 산에 기원을 올렸다. 우에스기 겐신(上杉謙信)은 그 모습을 보고 비웃으며 "신겐은 화살 앞에서 뜻을 굽히지 않기보다 신의 힘을 부리려 하니 이 겐신이 무용이 더 뛰어남과 같으니라." 하고 웃었다지만 오히려 신겐은 이즈나뿐만 아니라 선종에 천태종에 정토종까지 드나들며 여러 나라 사신을 정토종 중에게 시키는 등, 또 신겐 유파 크기로 이즈나 법을 행했던 건지 어쩐지 알 수 없지만 고슈(甲州) 야쓰시로(八代)군 스에키(末木) 마을 지겐지(慈眼寺)에 같은 절에서 고야산(高野山)으로 보낸 다케다 가문

물품 목록서 원고에 '이즈나 본존 및 법차(法次) 한 책을 신겐 공 호위'라고 쓰여 있다는 사실이 가이코쿠시(甲斐国志; 에도시대 지리서) 76권에 보이므로 이즈나 법도 행했던 걸지 모른다.

승군지장이든 다키니천이든 이즈나 본체는 어느 쪽이든 상관없지만 다키니는 예전부터 전해져 왔고 승군지장은 새롭게 생겨난 것이며, 다키니는 태장만다라(服藏界曼茶羅; 일정 순서로 부처와 보살을 층층이 그려 넣은 밀교 만다라의 한 종류) 외금강부원(外金剛部院; 만다라 가장 바깥 둘레)의 한 존이고 승군지장은 그저 지장의 한 화신일 뿐이다. 대일경(大日経) 제2권에 다키니가 보이고 의궤(儀軌), 진언(真言) 등도 전래가 오래되었다. 만일 밀교의 큰 이치에서 보자면 다키니도 대일여래(大日如来; 진언종 밀교의 교주격 부처), 다른 신들도 대일여래, 현묘하고 비밀스러운 뜻과 이치를 말하는 이상 갑을로 나뉘는 차이도 사라지기 때문에 이러니저러니 하는 것도 어리석지만 우선 다키니로 해두자. 다키니천의 형상, 진언 등을 여기에 기록하는 것도 무익하고 또 내가 이즈나 20법을 전부 이해하고 있는 것도 아니므로 이즈나 술법에 관한 내용은 쓰지 않겠지만 역시 다른 신이나 야차들의 술법처럼 대대로 전수하여 차례를 따르며 격식을 갖추어 교법으로 수행했을 것이다. 도쿄 부근 부슈(武州) 다카오 산(高雄山)에서도 지금은 잘 모르겠지만 예전에는 다키니 초상을 걸어두고 있었다. 여러 지역에서 적잖게 다키니천을 제사지냈지만 지금 그 법을 수행하는 자는 없을 것이다. 하물며 사악한 마법이라고 불리곤 했기 때문에 참으로 수법(修法; 밀교 수행법)하는 자는 거의 없었겠지만 수법이란 그 이익 효능의 상태나 이치를 설명한들 그 지식이 전혀 없는 사람을 이해시키기란 거의 불가능하며 하물며 비평을 섞어서 할 수 있는 이야기도 아니다. 구다키쓰네(管狐; 민간에 전승되던 조그만 여우 요괴)라고 하는 쥐 정도로 조그마한 여우를 산에서 잡아 와 부리거나 하는 게 언뜻 세속에 전해졌을 수도 있지만 나는 잘 모르겠다. 덴구도 다키니와 연관되어 아타고에 다로보가 있다면 이즈나에도 덴구산이라는 마굴이 있고, 아귀 만다라와 비슷한 다키니 만다라에는 덴구도 등장하며, 또 다키니천 자체를 여우를 타고 있는 덴구로 이해하는 사람도 있다. 옛날에 승정 헨조(遍照)가 덴구를 철망 속에 가둔 뒤 구워서 재로 만들었다고 하지만 우리에게 그런 도력은 거의 없으므로 늘 이런저런 덴구에게 괴롭힘 당하며 곤란해 하고 있다. 하이쿠(俳句; 일본 전통 정형시가) 덴구, 시가 덴구, 글 덴구, 그림 덴구, 음악극 덴구, 그 외 진짜 덴구들이 튀어나와 혼내기라도 한다면 곤란하기 때문에 붓을 내려놓는다.

우리나라에서 마법이라 하면 먼저 이즈나 법, 다키니 법을 말하지만 그렇다면 이상에서 이야기한 사람들 외에 어떤 사람들이 마법을 수행했을까. 시이쓰나 고텐은 말할 것도 없고 산속 수도자나 스님은 직업이므로 흥미도 생기지 않는다. 누군가 없을까. 마법 수행 아마추어는.

있다. 우선 제일 먼저 표본으로 호소카와 마사모토(細川政元: 무로마치 시대 무장)를 꺼내보자.

그 오닌의 난은 누구나 잘 알듯 호소카와 가쓰모토와 야마나 소젠이 천하를 반씩 나누어 가지고 싸워서 일어났는데 그 가쓰모토의 아들이 곧 마사모토이다. 집안도 되고 아버지의 여세도 있고 두 번이나 교토 관령이 된 그 마사모토가 마법 수행자였다. 마사모토는 태어나기 전부터 마법과 연이 있었으므로 어쩔 수 없었다. 처음 가쓰모토는 그러한 지위에 있었으나 불행히도 자식이 없었다. 그래서 그즈음 사람답게 신불에게 기원했는데 관음 등에게 빌어본다면 관음경의 서원에 따라 좋은 아이를 점지받을 수 있었겠지만 가쓰모토는 묘한 곳에 가서 기도를 올렸다. 어디로 가서 올렸는가. 무장이라면 비사문(毘沙門: 북쪽을 수호하는 불교 사천왕)이나 하치만(八幡: 신화 속 전쟁의 신)에게 빌어도 그런대로 괜찮았겠지만 그는 아타고 산의 대신에게 빌었다. 가쓰모토는 소젠과 달리 사람

자체가 부드럽고 분별력도 도리를 벗어나지 않는, 품성도 자상하고 지혜도 두루 미치는 사람이었지만 과연 큰 난리의 한쪽을 쥔 자였던 만큼 역시나 엄격한 면이 있었던 듯 아타고 산신에 발원한 것이었다. 아타고 산은 칠고산(七高山) 중 하나이자 슈겐도의 대수행장으로서 모시고 있던 뇌신(雷神), 스사노오(일본 신화 속 태초신 중 하나) 존, 하무 신(破无神; 교토 아타고에서 섬기는 신) 그 어느 쪽인들 사나운 신인 데다가 그즈음엔 이미 주로 승군지장을 모시고 있었고 본당 안쪽은 다로보 덴구 님의 거처였다. 무가 존숭으로 인해 아타고가 가장 융성하던 시기였겠지만 이러한 사정으로 태어난 마사모토는 태어나기 전부터 무시무시한 존재들과 인연을 맺게 된 것이다.

　마사모토는 이러한 이유로 어릴 때부터 아타고를 존숭했다. 애초에 아타고 숭배가 온 세상의 풍습이었겠지만 자신은 특별한 인연으로 특별하게 숭배했다. 수없이 참배하던 사이 슈겐도 수행자로부터 기상천외하고 비범한 이야기 등을 들으며 몸에 익혀왔는지 성장함에 이르러 아무런 불편 없이 다이묘 신분이 되어서도 냄새나는 육식을 멀리하고 진한 맛은 즐기지 않으며 근엄하게 몸을 지키고 초인간의 경계를 얻고자 하는 희망에 현세의 욕망과 쾌락을 감히 취하지 않았다. 이는 마사모토의 훌륭한 점이었다. 유감스러운 점은 좋은 스승을 얻지 못했다는 것이다. 부인에게 다가가지 않는다. 이 점도 별문제 없었다. 자유로운 자는 누구나 향락주의자가 되고 싶어 하는 이 불온한 세상에서 대자유가 생겨나는 몸을 통해 음욕까지 눌러 막은 건 무시무시한 신앙심의 응축이었다. 그리고 가히 두려울 정도의 강철같이 엄숙 냉혹한 태도로 수법을 시작했다. 물론 간단한 사고방식으로는 가능하지 않았다.

마사모토는 굳건하고 엄숙하게 세월을 보냈다. 스무 살, 서른 살, 마흔 살에 가까워졌다. 후나오카키(舟岡記)에 그 모습이 기록되어 있다. 가로되 '경관령 우경대부 호소카와 마사모토는 사십 세 즈음까지 여인 금지하고 마법 이즈나 법 아타고 법을 행하며 흡사 출가한 듯 산속에서 노숙하듯 어느 때는 경을 읽으며 다라니를 외우면 지켜보는 온몸에 털이 곤두서곤 한다. 그렇게 가문 상속자가 없어져 일가 방계 곳곳에서 이런저런 간을 하여 말씀을 올렸다.' 과연 이러한 상태라면 본인이야 괜찮겠지만 주위 사람들은 무서웠을 것이다. 그 차갑고 위엄 있는 모습이 눈에 선하다.

그래서 다른 여러 다이묘의 주선으로 요시즈미(義澄) 장군의 숙모와 연이 있는 태정대신 구조 마사모토(九条政基)의 아이를 양자로 받아 관례를 올리고 장군이 에보시오야(烏帽子

146

親: 무사가문 사내가 관례를 올릴 때 관을 씌워주고 이름을 지어주던 대부)가 되어 이름 한 글자를 주어 겐쿠로 스미유키(源九郎澄之)가 되게 했다.

스미유키는 출신 집안도 좋고 품위 있는 젊은이라서 사람들도 훌륭한 아드님이라며 좋아하고 그에게 단바(丹波) 지역을 진상하게 되어 그렇게 스미유키가 상경하게 되었다.

그런데 마사모토는 때때로 병을 앓아 이전에 앓아누웠을 때 마사모토 일가 사람들끼리만 몰래 의논하여 아와(阿波) 영주 호소카와 지운인(細川慈雲院)의 손자, 사누키(讚岐) 장관 호사카와 유키카쓰(細川之勝)의 자식이 기량과 인품도 괜찮다고 하여 셋슈(摂州) 영주 대리 야쿠시지 요이치(藥師寺与一)를 사신으로 세워 입양 계약을 했던 것이었다.

이 양자 계약을 한 자도 장군에게서 한 글자를 받아 호소카와 로쿠로 스미모토(細川六郎澄元)로 이름지었다. 즉 스미모토 쪽은 집안사람들끼리 계약 맺은 양자이고 스미유키 쪽은 훌륭한 사람들의 알선으로 생긴 양자였다. 여기엔 이런저런 설이 있는데 상기한 내용과 앞뒤가 반대되는 설도 있다.

스미모토 계약에 사신으로 갔던 호소카와 관리 야쿠시지 요이치라는 자는 일자무식한 사람이었지만 천성이 정직하고 동생 요지와 함께 둘도 없는 용사로서 요도성(淀城)에 머무르며 지금껏 몇 번이나 수훈을 세워 호소카와 일가에게 총애 받던 남자였다. 스미모토 자리에 스미유키라는 자가 태정대신 가에서 양자로 오게 되었기 때문에 계약 사신이었던 야쿠시지 요이치는 아와의 호소카와 가문에게, 또 스미모토에게 곤란한 입장이 되었다. 그리고 근성이 우직하고 용맹할 뿐 속은 좁고 분별력이 부족했던 요이치는 불끈했다. 그즈음 가주 마사모토는 더더욱 마법에 몰두하고 열중하여 갖가지 신비한 모습들을 드러냈는데 공중으로 날아오르거나 공중에 섰다가 희로애락도 보통 사람과 달라 알 수 없는 말을 할 때도 있었다. 공중으로 오르기는 서양 마법사도 가능하지만 그만큼 오랫동안 수법해서 그 정도도 가능했던 것으로 봐 두자. 감정을 헤아릴 수 없고 초현실적인 언어 등을 사용하는 것은 애초에 보통 범용한 세계를 탈출하려고 수법했던 것이기에 수법을 쌓은 이상 그렇게 되는 것이 당연한 도리이며 이것이 필시 마법의 진기한 점이다. 마사모토에게는 '아무래도 이상하다', '다소 괴이하다' 운운하는 놈들이란 눈은 언제나 하얗다, 까마귀는 검다 등등 지치지도 않고 똑같은 말을 계속 반복하는 참으로 하찮은 자들이다, 라는 식으로 보였음이 틀림없다. 하지만 호소카와 관리들은 난처했다. 그래서 요이치는 아카자와 소에키(赤沢宗益)와 의논하여 이런 상태로는 어쩔 수 없으니 고압적 강청(強請)적으로 아와의 스미모토 도령을 발탁해 장남으로 세우게 하고 마사모토 공은 은거시켜 마법 삼매경이든 뭐든 하게 놔두자고 동맹하여 요이치는 그 주장을 펼치며 요도성에 틀어박히고 아카자와 소에키는 군사를 끌고 후시미(伏見) 다케다구치(竹田口)로 강청하러 올라왔다.

요이치의 뜻에 다수가 동의하는 건 아니었다. 스미유키에게 뜻을 두는 자도 많았다. 하여튼 요이치의 방식이 다소 엉뚱했기 때문에 아래에서 위를 치려고 하는 요이치를 토격하게 되었다. 요이치의 동생 요지가 대장으로서 요도성을 공격했다. 굳세고 용맹하고 세력도 크고 길도 훤히 알고 있었기 때문에 금세 요도성을 함락시키고 요지는 형을 이치겐지(一元寺)에서 강제로 할복시켰다. 그 공으로 요지는 형의 뒤를 대신하여 영주 대리가 되었다.

아와의 로쿠로 스미모토는 요이치 쪽에서 무슨 사신이라도 받았는지 침착하게 상경했다. 사람 없이는 아무것도 할 수 없기 때문에 로쿠로의 아버지인 사누키 장관이 로쿠로에게 지쿠젠(筑前) 장관 미요시 유키나가(三好之長)와 다카바타케 요조(高畠与三) 두 사람을 붙여 주었다. 어느 쪽이든 용맹한 무사였다.

요지는 마사모토 아래 지난번 공으로 커다란 위세를 가지고 있었으나 형을 토벌했기 때문에 세상의 평판도 나쁘고, 또 지쿠젠 장관 미요시는 로쿠로 보좌 신하로서 로쿠로의 권위와 이익을 위해 요지의 마음대로 되지 않도록 대응했기 때문에 요지는 흥이 떨어졌다.

그래서 요지는 다케다 겐시치(竹田源七), 고사이 마타로쿠(香西又六) 같은 자들과 의논하여 형과 같은 길을 걷기로 결심했다. 다른 점은 형은 로쿠로 스미모토를 세우려 했고 자신은 겐쿠로 스미유키를 세우려 한다는 점뿐이었다. 정말 그런 식으로 마법 수행에만 열중하며 보통 사람 같지 않은 행세를 하려 하신다면 이 세상에는 오래 계시지 않는 편이 낫다, 로쿠로 도령에게 치세를 빼앗기면 미요시에게 권력을 깔아주고 위세를 세워주게 될 뿐이다, 어쩔 수 없이 마사모토 공에게는 자결을 권하고 단바의 겐쿠로 도령으로 관령 가문을 상속시켜 우리가 천하의 권력을 쥐자, 하고 결정하게 되었다.

에이쇼(永正) 4년 6월 23일이다. 마사모토는 관리들이 그런 일을 계획하고 있으리라고는 알 턱이 없었을 것이다. 오늘도 예와 같이 엄숙 냉혹한 표정으로 마법수행 일과를 격식대로 완수하는 것 외에는 다른 어떤 여념도 없다. 그러나 전란의 세상이다. 가와치(河内)의 다카야(高屋)에게 반역하는 자가 있어서 이를 위해 셋슈 무리, 야마토(大和) 무리, 그리고 앞서 요이치 패거리에 가담했지만 항복하여 용서해 준 아카자와 소에키의 동생인 후쿠오지(福王寺) 키지마 겐자에몬(喜島源左衛門) 와다 겐시로(和田源四郎)를 파견한다. 또 단바의 모반 대치를 위해 아카자와 소에키를 보낸다. 그들은 이 유월 말 더위 아래 무거운 갑옷을 입고 활 쏘는 함성, 칼 부딪치는 소리, 전장의 징, 큰 북이 울리는 수라 벌판에 땀을 흘리고 피를 흘리며 쫓고 쫓기고 있다. 마사모토는 멀리 그들에 대해 생각하는 것도 아닌, 이제 그저 행법이 즐거울 뿐이다. 바둑을 두는 자가 다섯 집 이겼다, 열 집 이겼다 하는 그때 그 기분을 즐기며 이기기 위해 바둑을 둠은 틀림없지만 상대 한 돌, 나 한 돌을 내려두는 그 한 돌 한 돌 사이를 즐긴다, 아니 그저 그 한 돌을 내려놓고 그 한 돌을 내려놓는 것이 즐거울 뿐이다. 매를 날리는 사람은 학을 잡거나 큰 새를 잡으며 놀기 위해 교외로 나가지만 실은 늪과 연못, 우거진 나무 수풀 사이를 천천히 걸으며 그 한 걸음 한 걸음이 이를 수 없이 재밌고 즐거워서 걸음걸음 즐거움을 맛보게 된다. 무슨 일이든 목적을 달성하고 뜻을 이루는 것만을 즐겁다고 생각하는 동안이란 아직까지 세속의 소견일 뿐, 그 길을 따라 산속 깊이 들어가는 사람의 사정이 아니다. 당하(當下)에 바로 깨달음이라는 경계에 이르러 한 돌을 내려놓는 이면에 한 국의 흥이 있고, 한 걸음을 옮기는 곳에 하루의 기쁨이 넘쳐난다고 느끼기 시작하면 이길 때는 원래 즐겁고 져도 또한 즐겁고, 짐승을 잡으면 원래 즐겁고 잡지 못해도 또한 즐겁다. 그렇게 수법에 관해 성취가 있고 없고 기회와 가르침이 무르익고 안 익고를 제쳐두고 일체가 성숙해진다. 마사모토는 그 마법이 성숙해졌는지 못했는지를 모르는 채 오랜 세월을 지쳐하거나 소홀히 하지 않고 오늘도 교법 격식에 따라 본존을 안치하고 법단을 엄숙히 장식한 뒤 우선 일신상의 더러움을 없애기 위해 욕실로 들어갔다. 삼업(三業; 몸과 입과 뜻으로 짓는 세 가지 업) 청정은 어느 수법이나 공통적이다. 당장은 말을 꺼내지도 않고 말하려 하지도 않고 뜻을 움직이지도 않고 움직이려 하지도 않고 평온히 몸을 맑게 하고 있었다. 그 사이 볕과 그림자가 이동하는 한 자 한 자, 한 푼 한 푼, 한 리 한 리가 마사모토에게 있어서는 전부 마경(魔境)의 훌륭한 현전이었을지, 업통(業通) 자재(自在)의 세계였을지, 이는 곁에선 알 수 없지만 그 어떻든 길고 긴 세월을 지치지 않고 걸어간 사람이며 지치지 않는 것마저 하지 못한다면 이어나갈 수 없을 따름이었다.

다키니천은 악마다, 부처다, 악마가 아니다, 부처가 아니다. 다키니천이다. 사람의 심장(心)을 먹어치우는 자이다. 마음(心)의 더러움을 먹어치우는 자이다. 마사모토가 어떤 수법을 했는지, 어떤 경지였는지는 전혀 알 수 없다. 사람들은 그저 그 마법을 닦고 있음을 알 뿐이었다.

마사모토는 목욕물을 부었다. 있어야 할 욕의가 없었다. 시중들던 소년인 하하카베(波波伯部)가 욕의를 가지러 갔다. 달도 뜨지 않은 23일 저녁, 바람이 휙 불었다. 서기인 도쿠라 지로(戶倉二郎)라는 자가 갑자기 뛰어들었다. 하하카베가 돌아오자 도쿠라는 피 묻은 칼을 휘두르며 덤벼들었다. 몸을 돌려 작은 상처만 입고 달아났다.

다음날은 전투였다. 하하카베는 도쿠라를 쳐서 마흔둘에 살해당한 주인의 원수를 갚았지만 관령인 호소카와 가문은 그 뒤로 양쪽 파가 치고받느라 엉망진창이 되었다.

마사모토는 마법을 갈고닦던 오랜 시간 동안 아무것도 하지 않았던 것은 아니다. 직접 아시카가 장군를 폐위시키거나 여기저기서 전투를 벌이곤 했다. 지금은 마사모토의 전기를 쓰려하는 게 아니다.

마사모토보다 뒤에 이즈나 법을 갈고닦은 사람 중 흥미로운 사람이 있다. 이 사람은 마사모토보다도 훨씬 더 대단한 사람이다.

관백(関白: 천황 보좌 총리직), 좌우 대신, 후지와라 가문의 장자, 서열 1위, 이런 사람이 이즈나 법을 닦았던 것이다. 태정대신 기미스케는 게호 때문에 생목을 빼앗겼는데 이 사람은 덴분(天文)에서 분로쿠(文禄)에 걸친 무시무시한 시대에 아무런 불행도 당하지 않고 무사히 90세로 장수하며 경사스럽게 마쳤다. 이는 그 유명한 관백 가네자네(九条兼実)의 뒤인 구조 다네미치(九条植通), 규잔(玖山) 공으로 불렸던 인물이다.

　다네미치 공이 젊었을 땐 천하가 난장판과 같았다. 지식의 명맥도 막 끊기려 하고 아무리 고귀한 신분의 가문이라도 생활조차 어려웠다. 오다 노부나가 이전 시대의 궁중 소득이 어느 정도였다고 생각하는가. 어떤 기록에 의하면 약 3천 석 정도였다고 한다. 아무리 검소하고 청렴하게 산다고 해도 3천 석으로는 아무것도 할 수 없다. 하물며 공경 귀족께선 정말로 심각한 궁핍에 빠져 계셨을 것이다. 그래서 그즈음 훌륭한 가문 사람들이 사방을 떠돌며 부유한 무사 가문들에 몸을 맡기고 계셨다는 기록이 까딱하면 잡사 야사 여기저기서 보이곤 한다. 다네미치도 센슈(泉州) 경계 — 부유한 상인이 있던 곳, 혹은 또 서쪽 여러 지방을 유랑하며 사위인 소고(소고 가즈마사 十川一存의 일족일 것이다 - 저자주)를 눈에서 놓치지 않으려 하고 지체 높은 관리의 몸으로 홀(笏: 관복을 입었을 때 쥐는 수판)과 붓을 내려놓고 활 화살 창 칼을 들고 무용(武勇) 같은 짓도 저질렀다고 한다.

이자가 제자인 조즈마루(長頭丸)에게 말했다. 나는 무슨 일이 있어도 뜻을 세운 만큼 중도에서 멈추지 않고 그 극한까지 알아내기로 마음먹었다. 나는 이즈나 법을 수행했는데 마침내 성취했다고 느껴지는 건 어디에 몸을 두고 자도 한밤중이 되면 자고 있는 지붕 위로 꼭 솔개가 와서 울었고, 또 길을 걸으면 꼭 앞쪽으로 회오리바람이 불었다. 라고 말했다고 한다. 솔개는 덴구가 화(化)한 존재로 여겨지곤 한다. 앞서 이야기한 승정 헨조도 덴구가 화한 솔개를 철망 속에 가두어 태웠던 것이다. 지붕 위에서 솔개가 운다는 건 이즈나 법을 성취한 자를 덴구가 몸소 따르며 문안드린다는 의미이다. 회오리바람이 부는 건 눈에 보이지 않는 권속이 엄호하고 앞장서있기 때문이란 의미였다. 이즈나의 신은 하늘을 나는 여우를 탄 덴구이다.

이런 무서운 이즈나 성취자 다네미치는 실제 세계에서도 그 정도 되는 사람이었다.

오다 노부나가가 이마가와(今川) 세력을 무너뜨리고 사사키(佐佐木), 아사이(浅井). 아사쿠라(朝倉)를 시켜 미요시, 마쓰나가(松永) 패거리를 제압하고 상경하여 장군을 도와 궁궐에 도착하자 천하가 모두 그를 귀신처럼 경외했다. 특히 날카롭고 난폭한 대장이라며 공경과 당상관도 무서워하고 아첨하여 마치 그 옛날 기소 요시나카(木曾義仲)의 입경을 마주한 듯한 모습이었다. 그런데 다네미치는 그 노부나가를 대면하고서서 얼굴을 마주 보며 "가즈사(上総) 도령인가, 입경 축하하네." 하고 말한 채 돌아가 버렸다. 가즈사 도령이란 노부나가가 그저 가즈사 지방 부지사였기 때문이었다. 가즈사 부지사라면 강하고 훌륭하긴 하나 관직이 높은 구조 다네미치 앞에선 그런 취급을 당해도 어쩔 수 없는 법이다. 다네미치는 관직을 욕보이지 않는 한편 명문가의 위엄을 세웠던 것이다. 그 노부나가라서 이 같은 인사를 당하자 크게 부루퉁해져 화를 내며 "구조 도령이 나에게 예를 표하게 하려고 왔다." 하고 성을 내며 투덜투덜했다고 한다. 노부나가로선 천하를 평정했고 구조 도령에게 예를 표하게 할 위치라고 생각했을 것이다. 하지만 과연 이즈나 법을 성취한 사람인만큼 다네미치 쪽이 덴구처럼 콧대가 높았다. 공경 중에도 한 사람쯤은 이렇게 의연한 사람이 있어서 다행이었다.

기노시타 히데요시(木下秀吉)가 아케치를 무너뜨리고 노부나가의 뒤를 덮쳐 천하를 처리했을 때 그 기세도 만인의 이목을 화들짝 놀라게 했다. 히데요시는 당시 이런 말을 꺼냈다. 나는 하늘의 가호를 입어 지금 이렇게 귀한 몸이 되었지만 씨도 태생도 없는 자이다, 풀 베던 자가 갑자기 출세하였으니 옛 가마코(鎌子) 대신의 이름을 이어받아 후지와라 씨가 되고 싶다. 하고 말한 건 관백이 되려는 속셈이었다. 그리고 그때 히데요시에게는 굉장한 위세가 있었기 때문에 "괜찮을 것이오", "정말 쉬운 일이야." 하고 말하며 근위 류잔(竜山) 공이 조처를 하려 했다. 그때 이 다네미치 공이 "아니, 아니, 오섭가(관백이 될 수 있는 다섯 가문)에 갑을이 없다고는 해도 문벌 장자는 우리 가문이니 근위 도령께서 멋대로 할 순 없네." 하고 나무랐다. 이의가 있는데도 억지로 밀고 나가거나 하는 건 히데요시로서 결코 하지 않는 바이다. 게다가 당시 박식하고 존중받던 다네미치의 말이었기 때문에 히데요시는 도쿠젠(德善院; 겐이의 호) 겐이(前田玄以; 마에다 겐이)에게 명령해 구조와 근위 양쪽 의견을 다이토쿠지(大德寺)에 알렸다. 양쪽은 각각 의견을 굳게 고집했지만 다네미치의 주장이 근거가 있어서 더 강했다. 그러자 역시 히데요시답게 "그렇게 까다로운 후지와라 가문의 덩굴이 되고 잎이 되는 것 보다(후지와라藤原는 등나무 들판이라는 뜻) 그냥 새롭게 지금껏 없던 성으로 하면 되지." 하고 말했다. 그래서 기쿠테이(菊亭) 도령이 성씨록을 조사해 처음으로 도요토미 히데요시가 되었다.

이 점도 다네미치가 훌륭했다. 공경 님 중에도 노부나가와 히데요시의 콧등을 살짝 건드릴 정도의 이런 사람 한 사람 정도 있던 편이 역시 다행이었다. 히데요시가 후지와라 씨가 되지 못했던 것도 물론 다행이었다. 이렇게 양쪽 덴구 모두 아주 잘 되었다, 아주 잘 되었어.

히데요시는 끝내 관백이 되었다. 결국 히데쓰구(秀次; 히데요시의 아들)도 관백이 되었다. 이즈나 성취 다네미치는 매번 말했다. "관백이 되어 천벌 받기를." 하고 말했다. 과연 히데쓰구 관백이 죄를 얻게 되자 이에 연좌되어 근위는 규슈(九州) 쪽 나루터로 귀양보내고, 기쿠테이 도령은 시나노(信濃)로 귀양 보내고, 그 여인 이치다이(一台)는 수레에 실어 추방했다. 무시무시하도다, 이즈나 성취자의 말에는 눈에 보이지 않는 권위가 있었다.

와카(和歌; 일본 고유 정형시의 총칭) 또한 물론 숙달한 사람이었다. 렌카(連歌)는 그렇게까지 정성을 들이진 않았겠지만 그래도 남은 여가로 그 도를 터득하고 있었다. 홋쿄(法橋; 당시 화가나 시인에게 부여하던 칭호) 쇼하(里村紹巴; 사토무라 쇼하)는 당시 렌카 대스승이었다. 그런데 조즈마루가 다네미치 공을 방문했을 때 요즘 무슨 세상 이야기가 있는지 하는 공의 물음에 답하길 취락의 아키(安芸)의 모리(毛利) 도령 정자에서 렌카를 지을 때 정원 홍매화에 붙여서 '붉은 매화꽃, 신대(神代)에도 못 들은, 색향이도다' 하고 쇼하 홋쿄께서 지으신 걸 사람들이 칭찬합니다 하고 대답하자 이에 대해 '신대에도 못 들은'이라는 나리히라의 가사는 '다쓰타 강 수면이 단홍빛으로 물든 모습은 기이하고 신기한 일이 많았던 신대에도 듣지 못했네' 하고 공들여 지은 가사거늘 귀하지도 않은 매화를 가져다가 신대에도 듣지 못했다고 할 정도는 아니다. 모리 다이젠(大膳職: 궁내청 관직명)이 신관도 아니고, 하고 웃으며 말했다고 한다. (헤이안 시대 가인인 아리와라노 나리히라在原業平가 지은 유명한 가사로 자주 인용됨. '신대에도 듣지 못했네, 다쓰타 강龍田川이 새빨간 단홍빛에 물들었다고는') 쇼하도 이 사람은 당해내지 못한다. 미쓰히데는 쇼하에게 '천하를 호령하는 5월이로다'에서 글자를 수정받았지만 쇼하는 또한 공을 당해내지 못한다. 모리가 신관도 아니거늘, 이라는 한 구는 무시무시하다.

쇼하는 종종 공을 찾아갔다. 어느 땐가 쇼하가 찾아가 "요새 무얼 보고 계십니까?" 하고 물었다. 그러자 공은 다른 말도 없이 느릿느릿 "겐지" 그저 한 마디. 쇼하가 다시 "훌륭한 와카집은 무엇이 있습니까?" 하고 물었다. 대답은 간단했다. "겐지." 그뿐이었다. 다시 쇼하가 "누군가 찾아와서 무료함을 달래드리고 있습니다만." 하고 물었다. 공의 답변이 실로 훌륭했다. "겐지."

세 번에 세 번 다 같은 대답이자 쇼하는 "예에 ―." 하고 물러났다. 과연 공의 발걸음 앞에만 회오리바람이 부는 게 아니라 말의 앞에도 회오리바람이 불고 있었다.

겐지 이야기에도 언어와 현상에 대한 주해 외에 깊은 관념이 있음을 설하여 지관의 설이라 한다. 공의 겐지 이야기 주해서인 모신쇼(孟津抄: 다네미치의 겐지 이야기 주석서)는 법화경 해석에 현의(玄義: 천태종 삼대부경 중 하나인 법화현의法華玄義), 문구(文句: 삼대부경 중 법화문구法華文句), 그리고 지관(止觀: 천태종을 지관이란 용어로 요약 기술한 마하지관摩訶止觀) 열 권이 있듯이 지관의 뜻을 통해 겐지에 대해 설명했다고 한다. 대단한 겐지 애독자로서 "이를 읽으면 엔기(延喜, 901-923) 치세를 사는 기분이 든다"라고 말하며 아침저녁으로 겐지를 봤다고 하는데 뻔하디뻔한 겐지를 그렇게 육십 년이나 읽으며 지쳐하지 않았던 점은 마사모토가 이십 년씩이나 이즈나 법을 행했던 것과 마찬가지로 흥미롭다.

조즈마루가 때때로 가르침을 구하던 즈음, 공은 교토 도후쿠지(東福寺) 앞 간테인(乾亭院)이라는 대숲 속 낡아빠진 행랑에서 호젓하게 아침저녁을 보내며 매일 아침 가사(袈裟)를 입고 결인을 하며 수법을 소홀히 하지 않고 '조정 장수, 천하 태평, 가문 건창'을 기원한 뒤 식사 후에는 그저 다시 책상 앞에 앉아 겐지를 읽곤 했지만 자못 한적하고, 그럭저럭하고, 산뜻하고, 먼지 하나 없이, 평탄하고, 차분하고, 방으로 햇살이 하얗게 비쳐오는 듯한 그 생활 모습을 떠올려 보면 이즈나도 성취했겠지만 자기 자신도 성취했던 사람인 듯하다. 덴분(天文)에서 분로쿠(文祿) 사이 시대를 살면서도 엔기 시대에 머물렀다는 점은 실로 흥미롭다.

언젠가 조즈마루, 즉 데도쿠(松永貞德; 시인인 마쓰나가 데토쿠, 조즈마루는 호)가 공을 찾아갔는데 공은 풍아한 휴식 중에 부드러운 볕이 비치는 뜰로 나가 싹이 튼 어린 낙엽송을 두레박으로 손수 심고 있었다. 오엽송도 아니고 어린 낙엽송 따위 그다지 아름다울 것도 없는데 두레박으로 이를 심으며, 게다가 그 작고 어린나무가 어떻게 자랄지를 어느 세월에 감상하겠다는 건지. 하지만 이 점이 재미있다는, 터득한 사람이 아니면 알 수 없는 진정한 즐거움을 취하던 중이었다. 데도쿠는 공보다 한참 연하였다. 자기 자신의 젊음, 공의 청아하게 늙어 비쩍 마른 모습과 그 못 미더움, 더욱이 어린 소나무의 푸릇함 마저 곧 사라져 버릴 듯한 미약함, 낡아 빠진 두레박 따위를 사용하고 계시는 무상함, 이를 생각하고 이를 느끼며 데도쿠는 자연스레 따스한 마음을 움직였으리라, 부디 이 소나무가 적어도 한두 자가 될 때까지도 순조로이 건강하시길, 하고 '심어 둔 오늘부터 소나무 푸름도 오래오래 살아남아 그대께서 보아야 하리.' 하고 축수하여 올리자 '해 뜨는 곳(일본의 미칭)에 살며 한적하고 한적함도 흔해져버리면 오늘부터 소나무를 심어만 보라.' 하고 공은 지나가는 말을 하듯 답했다.

그 그릇, 그 덕, 그 재주가 아니면 아무것도 할 수 없는 난세에 태어난 자가 여든 즈음 나이에 어린 낙엽송을 심고 있던 그때, 해가 뜨는 곳의 노래에서는 눈물이 떨어지는 소리가 들린다. 이즈나 법 성취자 또한 좋지 않은가.

갈대 소리

지금으로부터 삼십여 년도 전의 일이다.

지금 회고해 보자면 그즈음의 나는 마냥 행복한 정도는 아니었지만 다소나마 안락한 생활에 잠겨 밤낮을 마음에 낀 구름도 없이 산뜻하게 보내고 있었다.

심신 모두 생기로 가득 차 매일매일 아침마다 아직 연무가 마을 논바닥과 밭두렁 나무 우듬지에 자욱한 이른 시간에 일어나 아홉 시, 아홉 시 반 즈음까지 일가의 생계를 유지하기 위한 일들을 전부 끝내 버리고 그 뒤론 차분하고 느슨해진 마음으로 독서나 연구에 몰두하고 혹은 방문객을 접객하여 토론하거나 오후 나른해지는 시간에는 근처를 산책하곤 했다.

강을 접한 곳이라서 어느새 낚시를 취미로 낙점하게 되었다. 언제나 간신히 기억으로 떠오르는 건 그곳으로 마음이 끌려가던 강렬함이다. 그즈음 마침 낚싯대 하나를 입수하게 되어 장류(長流) 쪽으로 맛을 들인지도 대략 1년 정도가 지나 매일같이 나카가와(中川) 강변으로 나갔다. 지금이야 나카가와 연안도 각종 공장 굴뚝이나 건물들도 보이고 사람 왕래도 빈번하며 민가도 많아졌지만 그 당시에는 스미다강(隅田川) 근처 데라시마(寺島)나 스미다 주변 여러 마을조차 그다지 번잡하지 않아 한가로운 별장지스러운 광경을 간직하고 있었고 하물며 나카가와 강변 가, 더군다나 히라이바시(平井橋) 다리에서부터 상류 쪽의 오쿠도(奧戸), 다테이시(立石) 등등 주변은 매우 한적하여 물은 그저 느릿느릿 흐르고 구름도 그저 잔잔히 뭉쳐 다닐 뿐, 황모백로(黃茅白蘆: 누런 풀과 흰 갈대) 둔치에 때때로 물새가 모습을 비추곤 하던 곳이나 다름없었다. 낚시도 낚시 나름대로 즐거웠지만 나 자신은 평야 한복판 느릿한 물길 주변, 평범하다면 평범하지만 무언가 특이할 것 없는 화이안한(和易安閑: 온화, 상냥하고 편안, 한가로

움)한 경치가 마음에 들어 그렇게 자연에 안겨 몇 시간을 보내기를 도쿄의 와자지껄하고 휘황찬란한 광경에 정신을 소모하며 향락을 향음하는 것보다 까마득히 즐겁게 생각하고 있었다. 그리고 또 실제로 그런 나카가와 강변에서 노닐거나 뒹굴거리며 낚시를 하다가 고기가 낚이지 않을 때는 서투른 노래 한두 마디라도 건져 올려 돌아와서 아름답고 달콤한 가벼운 피로감에 이끌려 맑고 담백한 꿈속으로 빠져들었지만 다음 날 아침 개운히 눈을 뜨면 다시 싱그럽게 힘이 차오를 거란 사실을 굳이 말하지 않아도 자연스러운 일로 생각하고 있었다.

가을 히간(彼岸: 춘분과 추분 전후 3일 동안 기간) 바로 조금 전 즈음으로 기억한다. 그 당시 매일같이 오후 두 시 반경에 집을 나와 나카가와 강 근처의 니시부쿠로(西袋)라는 곳으로 놀러 나갔다. 니시부쿠로도 지금은 그 주변에 비료회사 같은 건물들도 보이고 강이 흐르는 모습도 토지 풍경도 크게 변했지만 그 당시에는 주변에 아무것도 없는 여느 에도 부근의 굽은 만과 같은 곳이었다. 나카가와 강은 마흔아홉 굽이라고 불릴 정도로 구불구불 굴곡져서 흐르는 강인데 니시부쿠로는 딱 그 서쪽, 즉 에도 방면으로 굽어 들어가다가 그곳에서 다시 동쪽으로 돌면서 남쪽으로 흘러가는 곳으로 서쪽(西)으로 들어가는 모습이 자루(袋)같이 보여서 니시부쿠로(西袋)라는 호칭이 생겼을 것이다. 물길이 굽이굽이 굽어 들어가 방향을 바꾸며 흘러가는, 마치 활짝 편 쥘부채의 좌우 겉살을 강의 물살이라고 한다면 그 사북에 해당하는 곳이 곧 니시부쿠로이다. 그래서 낚싯줄을 던지기 어려운 곳이긴 하지만 물고기들이 많이 돌아다녀 자연스럽게 육지낚시 최적지가 형성되었다. 또한 둑 위 초원에 걸터앉아 시선을 옮기면 물결이 상류에서 나를 향해 다가오고 하류의 물결은 나에게서 멀어져가는 것처럼 보여서 기분이 좋아지는 풍경이었다. 그래서 나는 그곳 물가에 웅크리고 앉아 낚시를 하다가 둑 위에서 뒹굴거리며 이따금씩 걸려오는 뭔가를 잡기장에 한 줄 두줄 적어두거나 하며 하루하루를 즐겼다. 특히 그 며칠동안은 그곳에서 고기잡이가 마음에 들어 집을 나올 땐 이미 니시부쿠로의 광경이 떠오르고 길을 걸을 때도 벌써 구름 그림자와 물빛이 눈앞에 있는 듯한 기분이 들곤 했다.

그날도 오전에서 오후에 걸쳐 다소 머리가 아파지는 읽기 어려운 책을 읽은 후였다. 책을 책상 위에 덮어두고 반차(番茶) 반 잔을 다 마신 뒤,

또 다녀올게.

하고 아내에게 말하고서 먹이통과 물고기 그물 통을 들고

챙이 넓은 밀짚모자를 꺼내 쓴 뒤 허리에는 손수건, 품에는 수첩, 맨발에는 얇아진 나막신을 신고 아직 약해지지 않은 반짝반짝한 햇볕 속을 황금빛으로 빛나는 논을 지나는 바람을 들이마시며 살짝 덥다고 생각하면서도 상쾌한 기분으로 걸어나갔다.

강에 가까워지면 시골길 사거리 어느 노점찻집에 들렀다. 그곳은 등나무 그늘 찻집이라고 하여 예전부터 그곳에 서 있던 오래된 등나무 그늘, 이라고 해도 그렇게 크진 않지만 그 그늘이 가게 절반을 덮고 있어 사람들에게 그렇게 불리던 찻집이었다. 길을 가던 사람이나 농부, 행상, 야채 짐을 싣고 나갔다가 빈 차를 끌고 돌아오던 사내 같은 사람들이 잠시 쉬어가는 집으로 이른바 싸구려 다과가 조금, 그다지 떫지 않은 차 말고는 아무것도 제공하지 않았지만 요긴한 집이었다. 나도 낚시를 하러 오갈 때 들러서 얼굴을 익혔는데 육지낚시에 쓰는 이음 낚싯대 장대이긴 하지만 세 칸 반이나 되는 그 긴 장대를 매번 들고 다니며 왔다 갔다 하고 싶지 않아서 이 집에 부탁해 맡겨두곤 했다. 그래서 낚시터로 가던 그때도 예와 같이 이 집에 들러,

아이고, 오늘도 또 왔습니다.

하고 인사하고서 뒤쪽으로 가서 혼자 장대를 꺼내 산대 그

물과 함께 짊어지고 나오자 찻집 아주머니가,

다녀오세요, 좋은 게 나오면 조금 나누어주시고요.

하고 웃음 지으며 살가운 인사말을 해주었다. 그 말을 등 뒤로 들으며,

아 그거야 좋죠, 좋긴 한데 제가 아직 꽝조사(낚시하러 가서 잡 지 못하는 낚시꾼을 일컫는 낚시용어)라, 하하하.

하고 대답하며 척척 걸어가자,

그래도 기대하고 있을게요, 하하하.

하고 등 뒤에서 커다란 목소리로 퍽 기운 좋게 말한다. 세 상 물정에 밝다 할 정도는 아니지만 선량한 노인은 다른 사 람에게 산뜻한 기분이 들게 하므로 이런 말을 들어도 기분이 나쁘진 않다. 복마(卜馬)에게도 조릿대 채찍을, 이라는 격이 라서 조금은 마음에 기운이 솟아난다. 물론 미숙하다는 의미 에서 스스로 꽝조사라 말했던 것은 겸사로서이지 내심 스스 로 하수 낚시꾼이라고 믿는 낚시객이 있을 리도 없고 나 스 스로도 요 이틀은 결과가 좋지 못했지만 오늘은 좋은 결과를 얻을 수 있기를 바라고 있었다.

자리에 도착했다. 하고 보자 언제나 내가 앉는 곳에 조그 만 아이가 떡하니 앉아 있었다. 지저분한 수건으로 뺨 아래 를 가리고 어른 같은 남색의 얇은 줄무늬 직물 통 소매 홑옷,

소매를 걷은 더럽게 빛바랜 옷을 입고서 감색 빛을 띠는 가느다란 손발을 궁상맞게 드러낸 채 초라하게 웅크려 앉아 있었다. 도쿄 사람은 아니고 이 근처 시골, 더구나 그다지 좋지 못한 집 아이임은 한눈에 알아볼 수 있었다. 머리털이 너무 길어 너저분해 보이는 목덜미가 수건 아래로 보이고 그곳에 햇볕이 쨍쨍 비춰 가늘고 검붉은 목덜미에 땀방울이 끓어오르기라도 할 듯 꾀죄죄하게 약간 반짝거리고 있었다. 곁으로 다가가면 냄새가 물씬 풍길 것 같았다.

나는 내 채비를 꺼내 장대 기둥줄 구멍을 달고 낚싯대를 순서대로 연결하여 낚시하기 위한 준비를 했다. 채비란 낚싯대 외에 낚싯줄과 그 외 도구들을 칭하는 낚시객 용어이다. 그사이 힐끔힐끔 소년 쪽을 바라보았다. 열두셋은 되어 보이지만 얼굴이 찌들고 조숙하게 보여서 그렇게 느껴져도 실제론 열하나, 많으면 열둘 정도일 듯했다. 아이는 아무 말 없이 진중하게 낚시찌를 응시하며 낚시를 하고 있다. 물때는 막 간조가 되어 나중에야 돌아올 테고 물결도 움직이지 않아 찌도 흘러가지 않았지만 살펴보자 그 낚시찌도 파는 낚시찌가 아닌 나무젓가락인지 뭔지 하는 것을 분명 소년의 손기술로 낚싯줄에 감아 맨 게 틀림없었다. 장대도 두 칸 밖에 되지 않아 누군가의 아가리(AGARI: 낚시 장비 브랜드) 장대를 얻었거나 어떻게 했을 법한 것에 장대 끝도 뾰족하지 못한, 아마도 앞부분 서너 마디가 떨어져 나가버린 장대였다.

아이는 낚시에 익숙하지 않다. 우선 이곳은 찌낚시에 적합한 곳이 아니다. 곧 조수가 움직이기 시작하면 어망추가 무거워지면서 낚시찌는 물살에 흔들리고 떠밀려서 가라앉아버릴 테고 어망추가 가벼워지면 물과 함께 떠내려가 버릴 것이다. 또한 두 칸뿐인 장대는 이곳에선 갈고리 끝이 좋은 물고기가 돌아다닐 법한 곳까지 닿지 못한다. 연안 가까이 돌아다니는 정말 조그만 고기밖에는 갈고리에 닿지 않을 것이다. 라고 생각했지만 그건 이 아이의 낚시라고 한다면 달리 뭐라 할 필요도 없고 그냥 보고 넘어가면 된다. 그저 나에게 있어서 곤란한 점은 그 아이가 있는 장소였다. 그곳은 내가 앉고 싶은 곳이다. 아니 앉아야만 하는 곳이다, 아니 당연히 내가 앉아야 할 곳이다, 라는 점이었다.

내가 물고기 먹이를 고리에 달던 때였다. 우연히 소년이 내 쪽으로 고개를 돌렸다. 그리고 붉은 복숭아색을 한 갯지렁이 벌레를 대여섯 마리가 아니라 잔뜩 갈고리에 매다는 모습을 주시했다. 그 얼굴에는 그저 주의를 기울이고 있는 것 외에 다른 어떤 표정도 없었다. 하지만 생각 외로 이목구비가 반듯하고 영리하다든지 기상이 좋다든지 뭔지 모르겠지만 그저 얼빠져 보이지는 않는, 교활한지 선량한지 어쩐지 알 수 없지만 그저 엉망은 아닌, 이라는 정도의 인상을 파악할 수 있었다.

다소 미안한 기분이 들지 않는 건 아니었지만 소년이 아니라 어른이었다면 나는 더 서둘러 말을 꺼냈을 것이었기 때문에 하는 수 없이 스스로 결심하고서,

저기, 미안한데 말이야, 네가 앉아 있는 곳에서 오른쪽이든 왼쪽이든 좋으니까 한 칸 반이나 두 칸 정도만 비켜주지 않을래? 거긴 내가 앉으려고 했던 곳이라서.

하고 스스로 가능한 만큼 부드럽게 말했다.

그러자 소년의 얼굴로 분명한 반항의 빛이 떠올랐다. 아무 말도 꺼내지 않았지만 눈 속에선 위세를 드러냈다. 말로 꺼냈다면 분명 그건 거절하는 말이 아니며 다른 어떤 말이 그 눈 속 무언가에 동반되어 있음을 느낄 수 있었다. 하는 수 없이 나는 내 뜻을 관철시키기 위해 다시 말을 꺼내야 했다.

저기, 무례한 말을 하는 건방진 놈이라고 화내지 말아 줘. 네가 든 낚싯대 끝이 닿을 법한 부분 바로 앞쪽을 보렴. 저기 저곳에 낡은 '보호 말뚝'이 줄줄이 이어져서 들쑥날쑥하게 박혀있지? 그중 한 말뚝에 가로로 커다란 중국 못이 박혀있는 게 보일 거야. 저 못은 내가 박은 거란다. 못을 박아서 낚

싯대를 지탱시키면 되겠다 싶어서 내가 집에서 직접 못하고 쇠망치를 가지고 와서 애써 배까지 빌려 저기까지 간 다음에 생각해 뒀던 곳에 저 못을 박아둔 거야. 그리고 나서 이곳에 올 때마다 저 못에 내 낚싯대를 걸쳐두고 저 말뚝들 바깥으로 고리를 던져 낚시하거든. 그리고 또 나는 고기를 낚는 날이나 낚지 못하는 날이나 돌아갈 땐 꼭 몇 시라고 하더라도 가져온 먹이를 흙하고 합쳐 둥글게 반죽해 뭉쳐서 숯덩이처럼 만든 다음에 저곳을 향해 두세 개나 던진 뒤에 돌아간단다. 그러면 물 흐름이 오르락내리락하면서 그 흙이 물에 녹아 먹이가 나오면 물고기들이 알아채고 자연히 물고기들이 더 그곳으로 모여들게 되는 거지. 그러니까 이렇다고 너에게 알려주는 건 나에게 있어서 하나도 득 될 게 없지만 내가 그 정도로 저곳을 위해 채비를 해두었다는 건데, 이해했다면 나에게 그곳을 양보해주지 않겠니? 네 낚싯대는 그곳에 앉아도 별 소용 없을 테고, 오히려 두 칸 정도 왼쪽으로 옮겨서 저기 저곳에 작게 소용돌이가 지는 저 웅덩이 아랫부분을 낚는 쪽이 더 나을 거야. 어떠니? 나는 너를 속이려는 것도 강요하는 것도 아니야. 그렇지만 네가 그곳을 비켜주지 않겠다고 하면 뭐 어쩔 수 없지만 그렇게 심술궂게 굴지 않아도 되잖니, 그냥 재미로 하는 거니까.

하고 말하며 들려주던 사이 소년의 눈 안이 점점 차분해졌다. 그러나 후반부로 오자 나는 또다시 실패했음을 분명히 알 수 있었다. 소년은 갑자기 불쾌한 기분을 드러냈다.

아저씨가 재미로 하고 있다고 해서 내가 재미로 하는 건 아니야.

하고 화가 치미는 것처럼 내던지듯 말했다. 과연 그건 악의로 한 말은 아니었지만 자신을 기준으로 다른 사람을 다룬 것으로서 내가 재미로 한다고 해서 다른 사람도 재미로 하고 있다고 단언할 근거는 없었다. 공평함을 잃고서 배려하지 못한 내가 한 방 먹었음을 시인하지 않을 수 없었다. 하지만 이 불완전한 장비와 불만족스러운 지식을 가지고 강에 임하고 있는 소년의 행동거지가 놀이가 아니라면 도대체 무엇인가. 하고 놀람과 동시에 놀이가 아니라고 해도 놀이조차 되지 못할 법한 꼴을 하고서 놀이가 아니라는 듯 고압적으로 나오는 소년의 그 무지무찰을 스스로 반성하지 못하는 모습이 가여워 웃음이 나올 것만 같은 기분이 들자 또 거의 동시에 연달아 이 소년이 돌연 이런 말을 뱉기에 이른 건 이 소년의 날카로운 성격 때문인 건지, 혹 어떤 다른 사정이 있어서 그런 건지 하는 놀라움이 들었다.

이 경악은 나로 하여금 당면한 낚시터의 사정 보다 나를 내 마음 뒤편에 일어난 것들로 끌어당겼기 때문에 나는 소년과의 응수를 잊고 소년에 대한 관찰을 감행하기에 이르렀다.

졌구나. 그거야 그렇지. 절대로 네가 놀이라고 단언할 순 없지만……

하고 그저 무의식적으로 정직하게 사과하며 나는 지그시 소년을 응시했다. 그 사이에 소년은 내가 자신을 바라보는지 어쩐지 알아차리지 못한 듯, 별다른 어떤 말도 표정도 없이 장대를 들어 자신의 자리를 나에게 양보한 뒤 알려준 장소에 서서 낚싯대를 내렸다.

아, 고맙구나.

하고 인사하고 나는 말뚝 너머로 낚싯대를 던져 장대를 내가 박은 못에 걸쳐둔 뒤 조용히 장대 끝을 바라보았다.

소년은 아무런 말도 없다. 나도 아무런 말도 하지 않는다. 햇볕이 등을 달궜지만 강바람이 모자 아래로 산들거리며 분다. 둑 뒤편 나무 아래에서 우는 듯, 가을 매미 울음소리가 온순하게 들려왔다.

조수가 점점 움직이기 시작했다. 이제 고기가 오지 않으려나 싶었지만 아직 오지 않는다. 물오리가 강 건너편 갈대 주(洲)에서 나와 낮게 날았다.

소년을 바라보자 간조 때와 달라지기 시작한 물의 상태 변화로 인해 널빤지로 만든 하찮은 추와 나무젓가락을 부러뜨린 낚시찌로는 제대로 안정이 되지 않아 누차 낚싯대를 흔들어 낚싯바늘을 바꿔 뒤집고 있었다. 그것이 자리를 바꾼 탓은 아니었지만 그렇게 생각하려니 기분이 좋지 않아 하는 수 없이 나는 말을 걸었다.

저기, 여긴 조수가 들이닥치는 중이라서 말이야, 찌낚시로는 잘되지 않을 거야. 어망추로 낚아.

찌낚시로는 낚을 수 없는 거야?

아예 낚을 수 없다고는 못하지만 조수가 좀 더 들어오면 먹이가 너무 흔들리고 낚기가 힘들어서 별 수 없을거야.

지금도 낚시하긴 힘든걸.

그거야 그렇지. 추를 가지고 있지 않으면 이리로 와보렴. 추도 주고 채비도 고쳐 줄게.

추 줄 거야?

그래.

내 기분도 탄이(坦夷)했고 절대 친절하게 해주지 못할 이유도 없었다. 그 점이 소년에게도 감지되었는지 소년도 편안히, 그리고 감사에 가득 찬 부드러운 표정으로 장대를 들고 이쪽으로 다가왔다. 비로소 그때서야 소년의 용모와 풍채 전반을 살펴보자 아까부터 이 소년에 대해 내가 품고 있던 감상은 완전히 잘못된 것으로 이 소년 또한 다른 비슷한 나이의 아이들과 마찬가지로 진솔하고 온화하며 소년답게 사랑스럽고 순수한 감정의 소유자이며 게다가 총명함이 느껴졌다. 눈동자는 푸르고 깨끗하며 얼굴은 또렷하고 맑았다. 나는 작은 주머니에서 추를 꺼내 건네주고 또 그 채비를 고쳐주려 했다. 그런데 소년은,

괜찮아요, 저 할 수 있으니까.

하고 말하며 스스로 채비를 고쳤다. 추 낚시 장비 방법 정도는 얼추 알고 있지만 추가 없어서 찌낚시를 하고 있었다는 사실을 알 수 있었다.

소년이 쓰고 있던 먹이는 아마도 혼자서 파낸 듯한 갯지렁이였기 때문에 그 조악함이 다소 안쓰럽게 느껴졌다. 그래서 내 먹이통을 가리키면서,

이 먹이를 써봐, 그러면 생선 입질이 더 멀리서 올 거야.

소년은 잠시 사양하는 기색을 보이다가 그럼에도 먹이에 대해서도 알고 있는 듯 기쁜 듯한 표정으로 먹이를 고쳐 끼웠다. 하지만 겨우 한 마리 벌레를 바늘에 끼운 것이나 다름없어서,

좀 더 끼워, 생선은 먹이로 낚는 거니까.

소년은 다시 두 마리만 더해 끼웠다.

지금까지 어디서 낚시했던 거니? 여기는 찌낚시 같은 낚시로는 잘 잡히지 않는 곳인데.

지금까진 오쿠도(奧戶) 연못에서 했어, 어제도 엊그제도.

낚았니?

응응, 붕어 일고여덟 마리 정도.

오쿠도라는 곳은 건너편 강가로 과연 그곳에는 찌낚시에 적당할 법한 연못이 있다는 사실을 나도 알고 있었다. 하지만 이맘때 붕어를 낚았다고 한들 그것이 낚시라는 놀이를 위한 것이 아니라면 무슨 목적이란 말인가. 벚꽃 무렵부터 국화꽃이 지기까지 사이 붕어는 정말 아무런 쓸모도 없다. 나에겐 수긍이 가지 않아,

놀이가 아니라고 아까 말했지만 요즘 붕어로는 아무것도 할 수 없는걸, 역시나 놀이잖니.

하고 말하자 소년은 갑자기 슬퍼 보이는 표정을 지으며 울적해 했지만,

그래도 저는 붕어 말고 다른 건 낚을 수 없을 것 같았으니까. 스모선수 아저씨가 무전으로 태워줘서 왔다 갔다 하면서 거기서 낚은 거야.

무전으로 태워줬다는 말은 아무 생각 없이 그 사실만을 이

야기한 것이었겠지만 내 귀에 콕 박혀 들려왔다. 스모선수 아저씨라는 자는 당시 오쿠도에서 나룻배 사공일을 하던 전스모선수 출신의 남자였다. 소년의 이야기 속에는 이면에 뭔가가 존재하고 있음을 명백히 알 수 있었다.

그런 거니? 그럼 또 오늘은 어떻게 이곳에 온 거니?

그거야 모처럼 낚아 가도 방금 아저씨가 말한 대로니까, 어제는 이런 붕어 따위는 맛도 없고 써먹을 수도 없다며 좀 더 쓸만한 고기를 낚아 오라고 야단맞았는걸.

누구한테?

어머니한테.

그럼 어머니가 명령해서 낚시하러 나온 거니?

응. 아무것도 안 하고 놀고 있을 바엔 고기라도 잡아 오라고 해서. 저 아무것도 안 하고 놀고 있던 게 아니라 학교 복습하고 숙제 같은 걸 하고 있었는데.

여기까지 와서야 이해가 갔다. 동정심이 강물처럼 눈앞으로 마구 밀려왔다.

흐음. 진짜 엄마가 아니구나?

소년은 깜짝 놀라 눈을 부릅뜨고 내 얼굴을 바라보았다. 하지만 갑자기 침묵하며 툭하고 살짝 고개를 숙이며 감사하다는 뜻을 표한 채 장대를 들고 이전 자리로 돌아갔다. 그때 마침 내 낚싯바늘로 고기 입질이 왔다. 모양이 좋은 농어가 올라왔다.

소년은 부럽다는 듯 내 쪽을 바라봤다.

이어서 또 두 마리, 같은 고기가 갈고리에 걸렸다. 소년은 초조한 듯 긴장한 표정이 되어 부럽다는 듯, 또 약간은 자신의 갈고리에는 아무것도 걸리지 않는 걸 서글퍼하는 듯한 마음을 전부 숨기지 못한 채 내 쪽을 바라보았다.

잠시 그도 나도 아무 말 없이 낚싯대 끝을 지켜보았지만 고기 입질은 잠깐 끊겼다.

문득 소년 쪽을 바라보자 소년은 말똥말똥 내 쪽을 바라보고 있었다. 뭔가 이야기하고 싶은 게 있어 보였지만 이야기의 실마리를 가지고 있지 못하다는 듯, 그저 친하게 기대고 싶다는 듯한 온순한 미소를 희미하게 띤 채 나와 마주 바라보았다. 그리고 동시에 나는 소년의 장대 끝에 고기가 왔음을 알아챘다.

거기, 너 장대에 뭔가 왔는걸.

놀라 알려주자 소년은 황급히 고개를 돌려 서둘러 민첩하고 솜씨 좋게 장대를 들어 올렸다. 꽤 무거운 고기였지만 들어 올리자 커다란 붕어였다. 작은 어롱에 넣은 뒤 가는 버드나무 가지를 꺾어 튀어나오지 못하게 눌러 닫은 소년은 손을

수풀에 닦으면서 내 쪽을 바라보며,

아저씨 또 먹이 줄 거야?

하고 자못 원한다는 듯이 말했다.

그러엄, 줄게.

소년은 장대를 손에 들고 내 쪽으로 왔다.

좋은 붕어였네.

좋아봤자 붕어니까. 모처럼 여기까지 왔는데에.

하고 말하는 실망한 말투에는 붕어를 낚고 싶지 않다는 생각으로 전전긍긍 가슴이 한가득 차 있음이 드러났다.

아무래도 네 낚싯대는 만처(灣処) 안쪽밖에 낚을 수 없으니까.

하고 위로해 주었다. 만처란 물이 굽이진 반원형의 지형을 말한다. 하지만 그게 오히려 소년에게 위로가 되긴커녕 결정적으로 실망을 주게 되었다는 사실을 깨달은 순간 내 장대 끝이 강하게 움직였다. 나는 더 이상 소년을 챙길 수 없었다. 장대를 손에 들고 전념하여 생선의 입질을 살폈다. 물고기는 자세를 취하듯 곧 안간힘을 쓰기 시작했다. 이쪽도 맞춰준다. 건너편은 저항했다. 장대는 달처럼 변했다. 낚싯줄은 철사처럼 변했다. 수면에 잔물결이 일었다. 잇따라 다시 물결이 날뛰었다. 하지만 끝내 물고기는 날뛰다 지치고 말았다.

그 하얀 몸을 보여주는 단계가 되어서는 결국 이쪽으로 끌려오게 되었다. 그때 내 후방에서 어느샌가 어망을 손에 든 소년이 기민하게 그 생선을 휙 건져냈다.

생선은 말할 것도 없는 새끼 농어였지만 가을철이기도 하고 잘 자란 녀석이라 두 사람 밥상에는 충분히 올릴 수 있는 생선이었다. 소년은 이제는 더 이상 부러운 빛보다도 그저 소년다운 순진무구한 희색을 띠운 채 뺨을 물들이고 눈을 반짝이며 과연 사내아이다운 아름다움을 드러내고 있었다.

그리고 나는 연달아 두 마리의 농어를 더 낚았지만 소년은 끝내 아무것도 낚지 못했다.

시간이 지났다. 해는 둑 그늘로 떨어졌다. 나는 돌아갈 준비를 하며 채비를 거두고 장대를 거두기 시작했다.

소년은 그 모습을 보며,

아저씨 이제 돌아가는 거야?

하고 나에게 힘없이 말했는데 그 표정이 어두웠다.

응, 이제 돌아가야지. 더 낚을 수 있을지도 모르지만 그렇게 욕심부려도 소용없고 조수도 좋을 때가 지났으니까.

하고 나는 답했지만 아직 남은 먹이를 평소라면 흙과 섞어서 던져 버려도 오늘은 이 아이에게 줄까 싶어서,

먹이가 남았는데 줄까?

하고 물었다. 소년은 말없이 일어나 이쪽으로 왔다. 하지만 그는 먹이를 담을 만한 것을 아무것도 가지고 있지 않았다. 그는 낡은 신문지 조각에 자신의 먹이를 감싸왔기 때문에. 우선 그도 소년다운 당혹의 빛을 띄웠지만 나에게도 좋은 생각은 없었다. 갯지렁이는 물을 충분히 머금을 수 있는 곳에 넣어야 한다.

역시 아저씨가 아까 얘기했던 것처럼 던지는 게 좋겠어. 내일 또 아저씨랑 만나면 그때 조금 줘.

하고 말하며 아쉬운 듯 먹이를 바라보는 그의 솔직한, 그리고 성숙한 태도와 영리함은 적잖이 나를 감동시켰다. 설사 먹이를 넣을 통이 없어서 먹이를 갖지 못한다고 해도 당장 쓸 수 있는 만큼은 쓰고 그 근처에 버릴 법한 것이었다. 그것이 소년다운 당연한 태도이고 그럴 법하고 또 그래야만 한다.

너도 오늘은 이제 돌아갈 거니?

응, 저녁에 이것저것 할 일을 해야 해서.

저녁 가사 잡역을 해야 한다는 말이 이전의 놀이로 낚시하는 게 아니라는 말과 서로 비추어 내 마음을 움직이게 했다.

진짜 엄마가 아닌 거구나. 내일 먹을 쌀을 씻거나 저녁 청소를 하거나 하는 건.

그는 다시 입을 다물었다.

오늘도 붕어 한 마리만 가지고 가면 혼나는 거 아니야?

그는 어두운 표정을 한 채 역시 아무런 말도 하지 않았다. 그 침묵하고 있는 모습이 도리어 내 마음속에 강한 충동을 주었다.

아버지는 계시니?

응 계셔.

뭘 하시니?

매일 가메아리(亀有) 쪽으로 가서 일하셔.

토공이나 아니면 그와 관련된 일을 하는 자로 상상되었다.

네 어머니는 돌아가셨나 보구나.

여기에 이르러 내 손이 그의 아픈 부분을 건드리고 말았다. 더욱이 아무 말도 없었지만 고개를 끄덕이며 시인하는 그의 눈 안에 이슬이 어리고, 때마침 석양이 지는 새빨간 하늘빛이 눈부시도록 환하게 떨어져 내려와 지저분하게 뺨을 덮은 두건, 그 아래로 살짝 빠져나온 이마 덥수룩이 자란 머리털, 때 묻은 붉게 탄 얼굴, 그것들을 남김없이 전부 폭로했다.

어머니는 언제 돌아가신 거니?

작년.

하고 말하며 그 붉게 탄 볼으로 벼잎을 타고 내려오는 이슬처럼 눈물방울이 또록또록 굴러떨어졌다.

지금 어머니는 널 괴롭히는구나.

아-냐, 내가 멍청한 거야.

본 건 아니지만 정황은 짐작할 수 있다. 그런데도, 아-냐, 내가 멍청한 거야, 라는 그 한마디로 내 질문에 답한 이 아이의 마음이 움직이는 방식이란 얼마나 아름다운지, 스스로가 부끄러워서 나는 아찔하도록 크게 놀라며 커다란 쇠망치로 얻어맞은 듯한 기분이 들었다. 낚시 자리를 양보해달라고 말하며 사정을 이야기했을 때 그 사정을 흔쾌히 받아들여 곧바로 자리를 양보해 준 것도 더욱이 이런 아이였다고 한다면 이전 일을 반성하지 않을 수 없고 또 지금 남은 먹이는 강에 던지는 편이 낫겠다고 하던 아이의 말도 함께 떠올라 전야(田野)에서도 이렇게 아름다운 성품을 가지고 태어나는 자가 있다니, 무한한 감동이 용솟음치지 않을 수 없었다.

나는 그 이상으로 깊이 파고들어 이 아이의 집안 사정을 묻는 것을 삼가는 것이 지당한 예의처럼 느껴졌다.

그럼 있잖아, 이 남은 먹이를 흙으로 뭉쳐주지 않을래? 가능한 만큼 단단하게 뭉치는 거야, 그렇게 해줘. 그렇게 해주면 내가 낚은 생선을 전부라도 얼마든지 네가 원하는 만큼 너한테 줄게. 그래서 네가 어머니 기분을 상하게 하지 않도록. 그게 나도 더 좋아.

나는 내 뜻대로 해줄 수 있었다. 소년은 먹이를 흙경단으로 만들어 주었다. 나는 그것들을 던졌다. 소년은 내가 낚은 생선 중 농어 두 마리를 가져가며 나에게 몇마디 되지 않지만 감사의 뜻을 깊이 표했다.

둘이서 함께 둑 위로 올랐다. 소년은 둑에서 강 상류 쪽으로, 나는 둑 서쪽으로 내려가야 했다. 헤어지며 말을 나눌 땐 이미 해는 저물고 저녁 바람이 곁으로 차갑게 불어왔다. 소년은 강 상류 쪽으로 둑 위를 더듬어 갔다. 노을빛이 점점 더 다가왔다. 어깨에 멘 장대, 손에 쥔 어롱, 자락이 짧은 통소매에 뺨을 두건으로 가린 조그만 그림자는 기나긴 둑의 수풀길 저편으로 점점 더 작아져 가는 쓸쓸한 그 모습. 내가 잠시 서서 배웅하자 그도 다시 문득 뒤를 돌아 나를 바라보았다. 나를 보며 살짝 고개를 낮게 숙이며 인사했지만 그 용모는 더 이상 분명하게 보이지 않았다. 해오라기가 저녁 하늘을 갸-악하고 울며 지나갔다.

그 다음날도 다음다음 날도 나는 똑같이 니시부쿠로에 나갔다. 하지만 어찌 된 일인지 그 소년과는 두 번 다시 만날 수 없었다.

니시부쿠로 낚시는 그렇게 더 이상 만나지 못하게 되어 그만두었다. 그러나 지금도 때때로 그날 그곳의 정경을 떠올려

본다. 그리고 지금 사회 어딘가에 그 소년이 벌써 훌륭한, 사회를 향한 이해심 있는 신사가 되어 존재하고 있을 것만 같이 떠올라 견딜 수 없다.

고다 로한의 문학 도정

　고다 로한의 특징을 드러내는 여러 키워드 중 다소 낯설게 느껴지는 단어가 있다. 바로 '장수'이다. 메이지 시대가 시작하기 한 해 전인 1867년에 태어난 그는 79세의 나이로 눈을 감았다. 당시 평균 연령에 대보아도 장수한 편에 속하겠지만 동시대에 함께 활약한 문인들의 생몰년을 확인해 보면 로한의 장수는 더더욱 두드러진다. 로한과 같은 해 태어난 대문호 나쓰메 소세키(夏目漱石)는 49세 나이에 위궤양으로 사망했고, 역시 같은 해 태어나 로한과 함께 고로시대(紅露時代)를 이끈 오자키 고요(尾崎紅葉)는 35세 나이에 위암으로 사망했다. 이 외에도 유독 일본 근대문인 중에 단명하거나 자살한 작가들이 많기에 로한의 장수, 즉 60여년에 달하는 그의 활동 기간이 더욱 흥미로워진다. 더구나 그가 경험한 메이지-다이쇼 시대는 일본이 적극적인 서구화를 통해 근대로 이행하며 격한 사회 문화적 산통을 겪던 시기였던 만큼 로한의 문학 또한 여러 변천과 단계적 이행을 거쳐야 했다. 그러므로 그 도정의 후반부 작품을 골라 모은 본 작품집 『환담·관화담』은 로한의 문학 도정의 변천을 간단하게나마 살펴본 뒤 개별 작품을 각각 조망해 보는 편이 바람직하다.

그의 문학은 크게 세 시기로 나뉜다. 첫 번째 시기는 20대 후반 초기 활동기로 흔히 로한의 대표작으로 일컬어지는 『풍류불風流仏』, 『일구검一口劍』, 『오층탑五重塔』 등의 작품이 짧은 기간에 대거 몰려있다. 이 시기 작품은 전근대 시대인 에도 시대를 배경으로 조각가, 대장장이, 목수 등 예술가 주인공을 내세워 장인정신 내지 이상주의를 투철하게 그려낸 작품들이다. 그중에서도 가장 유명한 작품인 『오층탑』은 큰 성공을 거두며 수차례 영화화, 연극화되었다. 간노지(感応寺) 오층탑

건립을 두고 성격 드세며 행동 느린 목수 쥬베가 이름난 목수인 겐타 대신 자신이 직접 건립 공사를 맡고 싶다고 주지승에게 부탁하며 벌어지는 갈등과 쥬베의 예술적 투혼을 통한 화해를 생동감 넘치게 그려내 큰 호평을 받았고 이 작품을 통해 로한은 문학적 지위를 확립했다. 이러한 이상주의적 서사 구조와 전통적 예술관이 사람들이 로한에 대해 표현할 때 가장 흔히 언급하는 키워드이다. 문학의 서구화에 대치되던 로한의 작품 경향을 의고전주의(擬古典主義)로 포함시키기도 하는데 이러한 보수성이 훗날 국수주의 혹은 전근대성으로 여겨지며 로한에 대한 재평가를 유보시키기도 한다.

　물론 대대로 막부 신하 가문이었던 전근대적인 가정환경과 어린 시절부터 받은 정통 한학의 영향을 빼고 로한을 논하기란 불가능하지만 로한의 작품이 이러한 문학관에만 갇혀 있었던 것은 아니다. 로한이 활동했던 19세기 말, 20세기 초는 일본이 한참 서구화에 열중하며 서구 문물 수입에 힘쓰던 시기였고 문학에서도 기존 일본 고전이나 전통적 가치관을 지양하고 당시 서양 문학의 자연주의와 개인주의를 받아들여 사실주의 문학과 리얼리즘을 기반으로 한 자연주의 문학이 크게 성행하고 있었다. 의고전주의 작가였던 로한 또한 시대적 조류를 마냥 외면할 수는 없었던 듯 이상주의 작풍에서

살짝 벗어나 리얼리즘 색채를 띤 소설을 몇 편 집필했는데 이 시기가 바로 로한의 3, 40대 활동 중기이다. 이때 작품으로는 『풍류미진장風流微塵藏』, 『하늘을 치는 파도天うつ浪』 등 세심한 관찰력을 통해 주인공의 심리를 자세히 묘사하는 수려한 작품들이 있는데 거듭되는 집필 중단 끝에 전부 미완성에 그치고 만다. 그리고 로한은 그 뒤로 소설 집필에서 잠시 멀어져 도시론, 수양론, 고전문학 비평 및 중국 역사 사상 연구에 집중하게 된다. 그 이유는 인물의 성격적 성장이나 가능성은 그리지 않고 비관적 사실 묘사에만 머무르는 리얼리즘 사조에 대한 싫증, 청일전쟁 러일전쟁 발발 등 격변하는 시대 흐름과 사상 조류, 장티푸스로 인해 사경을 헤매기까지 했던 당시의 심각한 건강 악화 등으로 다양하게 추측된다.

그리고 오랜 기간 이어지던 문학적 침묵기를 깨고 문단에 로한의 완벽한 부활을 알린 작품이 역사 소설인 「운명運命」이다. 명나라 초기 건문제와 영락제 사이 왕위 계승 다툼과 두 황제의 운명 대비를 웅대한 문체로 그려내 동료 문인과 평단에게 극찬을 받았다. 역사적 고증과 수필적 감상, 허구적 서사 사이에 경계를 두지 않고 자유롭게 넘나드는 「운명」의 작풍은 이후 말년 작품들의 성격을 상징적으로 보여주며 본 작품집에서도 옅게나마 느낄 수 있었을 것이다. 이러한 역사 고증 위주의 소설을 사전(史傳)소설이라고 부르며 「운명」 외에도 「연환기連環記」, 「요리모토賴朝」 등의 훌륭한 역사 사전 작품이 이 시기에 집필되었다. 물론 「환담」과 「관화담」은 말년 기담 소설로 분류되는데 로한이 이 시기에 함께 집필한 환상 기담 소설, 역사 희곡, 수필 등의 후기 작품들은 고전을 연상시키는 격조 높고 서정적인 문어체 문장과 분위기를 특징으로 공유한다. 어린 시절부터 익힌 정통 한학과 이를 바탕으로 한 유려하고 서정적인 한문체 표현, 그리고 활동 중기의 불가, 도가 사상 및 중국 고전 연구가 녹아든 후기 문학은 난해하면서도 독자적인 작품관을 연출하며 고다 로한은 문단의 원숙한 장인으로 자리잡게 된다.

그러므로 흔히 로한을 설명하는 에도시대, 이상주의, 장인 정신, 남성적 낭만주의 등의 수식은 대개 초기 작품을 가리키며 후기 작품은 이러한 특징이 옅어지는 한편, 도교, 불교, 중국 고전 및 역사 등에 대한 학문적 지식과 이해가 작품의 이해를 위해 요구된다. 여전히 이러한 특징을 로한 문학의 난해성이자 전근대적 맹점으로 볼 수도 있지만 엄밀히 말하자면 이러한 의고적이고 보수적인 경향은 로한만의 특징이 아니다. 동시대 함께 활동하며 로한과 친분이 두터웠던 모리 오가이(森鷗外) 또한 만년에는 『아베일족阿部一族』 등의 역

사 소설에 집중했다. 로한 보다 후대 작가인 아쿠타가와 류
노스케(芥川龍之介)나 나카지마 아쓰시(中島敦) 또한 작품 전반
에 중국 고전을 끌어들여 소재로서 적극적으로 활용했다. 물
론 서로 주제의식의 방향이 다르고 고전문학 박사학위 소지
자인 고다 로한의 소재적 깊이가 압도적이긴 하지만 로한의
성숙한 문학관은 이러한 난점의 베일을 걷어내고 차근차근
살펴보며 완상하고 다시 평가할 필요가 있다. 처음 「운명」이
발표되었을 때도 역사 고증 부분에 대해서는 문학적 평가가
나뉘었지만 작품 속 노숙한 시적 경지와 웅대한 문어체에 대
해서는 모두가 입을 모아 극찬했던 만큼 여러 면모를 두루
살펴볼 필요가 있는 것이다.

「환담」에서 「갈대 소리」까지

해설 뒤 연보에도 실었지만 여기에도 다시 밝혀두자면 본
작품집의 작품들은 1916년 11월 「골동품」, 1925년 7월 「관
화담」, 1928년 4월 「마법 수행자」, 같은 해 10월 「갈대 소리」,
1938년 9월 「환담」 순서로 발표되었다. 「골동품」 외 작품
들이 모두 로한의 6, 70대 시기에 발표되었다. 로한 생전인

1941년에 출간된 마지막 단행본 작품집 『환담』에는 「눈 털기」, 「연환기」, 「거위」가 함께 수록되었으나 1990년 이와나미 문고에서 『환담·관화담』이라는 제목으로 목차를 재구성하여 출간하였고 본 번역서도 이와나미 문고의 1990년 작품집을 저본으로 삼고 있다. 초기 작품 「오층탑」이나 중기 교양서적 「노력론努力論」, 후기 유학(儒學) 소설 「열락悅樂」 등의 작품이 새 일본어 표기법과 현대 용어에 맞춰 현대역이 꾸준히 진행 중이고 이와나미 문고의 『환담·관화담』도 독해 상편의를 위해 일부 표현과 용어에 대해 현대역에 해당하는 후리가나(한자어 바로 위에 조그맣게 발음이나 대체어를 표기하는 표기 방식)를 붙여 일종의 교감 작업을 진행하였다. 비록 로한의 의고적인 문어체와 고어에 가까워진 한문 표현을 세련되고 청아한 일본어로 칭송하긴 하지만 현대의 일본 독자들도 현대역이 없으면 로한의 작품을 읽고 이해할 수 없을 정도이다. 때문에 너무 심한 고어 표현이나 한문식 표현은 가급적 우리말로 순화하여 번역했음을 먼저 밝힌다.

가장 처음에 실린 「환담」은 수록된 작품 중 가장 늦게 발표된 작품이다. 로한 본인이 낚시 애호가였던 만큼 낚시 전문용어와 당시 낚시 풍속이 자세하게 설명되어 있지만 주된 줄거리는 관직에서 밀려난 무사 나리와 낚싯배 사공 기치가 바다 한가운데서 낚싯대를 습득하게 되면서 시작한다. 서사보다 부속적인 설명이 더 많기 때문에 일각에서는 「환담」역시 사전소설류와 마찬가지로 에세이 형식과 소설 형식을 넘나들고 있다고 평가하기도 한다. 이 서사가 아닌 부분, 예를 들어 그물낚시, 수맥 낚시 등의 풍속상이나 포대죽 낚싯대, 선박 구조에 대한 설명은 뒤이어 펼쳐지는 서사를 더욱 부각하게 되는데 로한이 능숙하게 설명에서 서사로 넘어가는 순간 독자의 집중력이 이야기로 쏠리게 되는 것이다. 이러한 연출은 「골동품」과 「마법 수행자」에서도 엿볼 수 있다. 한편 「환담」을 내용상으로 살펴보자면 무사 나리와 낚싯배 사공 이야기 바로 전 소설 전반부에 살짝 서술된 알프스 산악대 이야기를 다시 한 번 상기해야 한다.

산에서는 광선이 비치는 상태에 따라 자신의 신체 그림자가 건너편에 나타나는 경우가 자주 있습니다. 네 명 중에는 그런 환영인가 하고 생각한 사람도 있었겠죠. 그래서 자신들의 손을 움직여보고 몸을 움직여 보았지만 그것과는 아무런 관계가 없었다고 합니다.

이 이야기는 이렇게 마치도록 하겠습니다. 오래된 경문 구절 중에 '마음은 능수능란한 화가와 같다'라는 말이 있습니다. 어쩐지 떠오르는 말이 아니겠습니까? - 「환담」

  '마음은 능수능란한 화가와 같다'라는 구절은 『화엄경華嚴
經』유심게에 나오는 구절로 '마음은 화가와 같아서, 능히 모
든 세간을 그리나니, 오온이 실로 따라 생겨나, 만들지 못하
는 법이 없다. (중략) 일체는 오직 마음이 만드는 것이라.'라는
그 유명한 일체유심조(一切唯心造) 가르침의 앞부분이다. 산
악대 이야기와 일체유심조 구절은 본격적인 이야기로 들어
가기 전, 앞으로 펼쳐질 이야기에 중요한 메시지를 던진다.
결말에서도 산악대가 본 십자가처럼 바다 위로 연신 튀어나
오는 낚싯대가 다시 등장하기 때문이다. 이 두 이야기를 '일
체유심조'라는 메시지와 함께 생각해본다면 무사 나리와 뱃
사공의 행동과 그 '마음'이 새롭게 보일 것이다.
  「관화담」은 이러한 서술에서 벗어난, 이와나미 문고판의
해설을 인용하자면 이 작품집 속 소설 가운데 '가장 소설스
러운 소설'이다. 독자분들도 어느 정도 공감하리라 생각한
다. 신경쇠약 만학도 대기만성 선생의 이야기는 역시 마찬가
지로 산속에서의 하룻밤을 소재로 한 이즈미 교카(泉鏡花)의
단편 환상소설 「고야산高野山」을 연상시키는데 「고야산」의
경우 전통 기담 민담과 요괴 소재를 적극 활용하여 화려하고

농염한 필치로 공포를 자아낸다면 「관화담」은 이와 달리 담백한 문체와 소재를 통해 오감을 맴도는 불안함을 그려낸 기담 소설이다. 두 작품 모두 깊은 산 속 기묘한 하룻밤의 풍경을 유려하게 풀어낸 소설로서 쌍벽을 이룬다. 한편 「관화담」에서는 빗소리, 폭포 소리 등의 청각 활용과 이를 통해 발생하는 특유의 분위기에 주목할 필요가 있다.

비는 무서운 기세로 내린다. 흡사 태고부터 영겁의 미래까지 커다란 강줄기가 흘러가듯 비가 쏟아져 내려 자신의 생애 중 어느 한 날에 내리는 비가 아니라 상주불멸(常住不滅)로 내리는 빗속으로 자신의 짧은 생애가 잠시 끼어들기라도 한 것처럼 내리고 있다. 그래서 또한 그것이 신경 쓰여 잠들 수 없다. - 「관화담」

상주불멸이나 태고 영겁과 같은 불교 용어를 통해 빗소리라는 청각이 문자만으로 박진감넘치게 묘사된다. 그리고 잠든 대기만성 선생이 갑자기 눈을 뜨거나 앞장선 조카이의 등불이 갑자기 꺼져버리듯, 사그라들었던 빗소리가 문장 속에서 다시 불쑥 들려오는 순간 읽는 이의 불안함은 거세게 요동치게 된다. 그런데 이런 불안함 뒤로는 묘하게 초연한 분위기가 흐르고 있는데 이는 작품 곳곳에 숨어 있는 불가, 도가적 착상에서 기인한다. 장자의 소요유(逍遙遊)나 불가의 제법무아(諸法無我), 제행무상(諸行無常) 등의 사고관이 절벽 안쪽의 영묘한 폭포 소리와 삼라만상이 녹아든 빗소리의 정체, 그리고 절벽 위 은신처 벽에 걸린 그림과 대기불성 혹은 대기기성 선생의 결말을 지탱하고 있다. 참고로 작품 속에 등장한 '교류수불류(橋流水不流)'는 양나라 승려인 부대사(傅大士)의 게송으로 원문은 다음과 같다.

빈손인데 호미를 쥐고 있고	空手把鋤頭
걸어 가는데 물소를 타고 있고	步行騎水牛
사람이 다리 위를 지나는데	人從橋上過
다리가 흐르고 물은 흐르지 않는다	橋流水不流

「골동품」과 「마법 수행자」는 결을 함께하면서도 달리하는 사전 형식의 작품이다. 앞서 말했듯 고다 로한의 이러한 사전류 작품은 역사 고증과 허구 서사와 작가 목소리 사이를 자유롭게 넘나드는데 두 작품 모두 로한 전집에서는 아예 소설이 아닌 사전으로 분류되기도 했다. 작품 속 내용으로 살펴보면 「골동품」은 중국 역사 속 갖가지 골동품과 과거 중국

일화를 주로 담고 있는 한편 「마법 수행자」는 지극히 일본적인 민속론과 야사 설화 모음에 가깝다. 두 작품 속에 삽입된 긴파치, 정요 세발솥, 마사모토, 다네미치 공의 이야기 모두 실존했던 인물이나 고증 가능한 소재를 기반으로 한 이야기이기 때문에 이를 소설이 아닌 수필로 인식하는 일본 독자들 또한 많다. 그런데도 이 두 작품을 소설로 소개하려 하는 이유는 작품 속 장황한 고증과 역사적 서술은 짧게 삽입된 이야기를 위한 발판으로 작동하며 그렇게 시선이 집중된 이야기 너머로 로한이 부가적인 서사를 던지고 있기 때문이다. 실제로 작품 속 갖가지 고증과 역사적 소재를 하나하나 비교해 보면 대부분이 이야기를 위해 치밀하게 연결되어 있음을 확인할 수 있다. 그리고 그 이야기가 끝날 무렵, 로한은 서사의 방향을 또 다른 상상의 구역으로 몰고 간다.

> 골동품은 좋고 골동품은 재밌다. 다만 바라건대 교만세대금을 척척 내가며 즐기고 싶다. 누군들 정오나 정빈과 같은 자와 얽히고 싶지는 않을 것이다. 그리고 또한 아무리 하찮은 사람이라도 솥 다리를 부러뜨려 몸을 던지게 되고 싶은 자는 없을 것이다. – 「골동품」

그 그릇, 그 덕, 그 재주가 아니면 아무것도 할 수 없는 난세에 태어난 자가 여든 즈음 나이에 어린 낙엽송을 심고 있던 그때, 해가 뜨는 곳의 노래에서는 눈물이 떨어지는 소리가 들린다. 이즈나 법 성취자 또한 좋지 않은가. -「마법 수행자」

두 작품의 일종의 주제의식은 절대로 작품 전반부에 흐르는 골동품 찬양이나 마법 경외가 아니다. 그의 시선과 상상력은 골동품과 마법 사이를 헤매던 인물들의 이력과 그 너머를 향해 있으며 그는 절대 인물들이 골동품과 마법 속으로 파묻히게 놔두지 않는다. 수많은 주석과 한자어, 전문용어 사이에서 여러 난점을 겪으셨겠지만 혹 여건이 된다면 다시 한 번 이러한 로한의 품 넓은 시선을 감상해보시길 바란다.

마지막 「갈대 소리」는 다른 작품들과 결을 완전히 달리하면서도 「관화담」과는 다른 의미에서 대단히 소설스러운 소설이다. 다른 작품들은 억지로라도 기담 영역에 포함시킬 수 있겠지만 「갈대 소리」는 오히려 일상 수필에 가까운 소설이다. 개인적으로 한 작품집 속 작품의 순서는 개별 작품만큼이나 중요한 요소라고 생각하기 때문에 「갈대 소리」가 주는 여운의 의미를 좀 더 고민해보고 싶다. 역시나 낚시를 소재로 한 「갈대 소리」는 아마도 로한 자신인 듯한 주인공과 어떤 어린 소년의 만남을 그린다. 좋은 장비를 가지고서 별다른 고민 없이 놀이로 낚시를 즐기는 주인공과 쫓겨나다시피 집을 나와 고기를 낚는 소년의 대비, 그리고 깊은 감동과 여운을 남기는 결말의 서술은 있는 그대로 읽고 느끼면 되겠지만 마지막 부분을 다시 한 번 살펴보자.

둘이서 함께 둑 위로 올랐다. 소년은 둑에서 강 상류 쪽으로, 나는 둑 서쪽으로 내려가야 했다. 헤어지며 말을 나눌 땐 이미 해는 저물고 저녁 바람이 곁으로 차갑게 불어왔다. 소년은 강 상류 쪽으로 둑 위를 더듬어 갔다. 노을빛이 점점 더 다가왔다. 어깨에 멘 장대, 손에 쥔 어롱, 자락이 짧은 통소매에 뺨을 두건으로 가린 조그만 그림자는 기나긴 둑의 수풀길 저편으로 점점 더 작아져 가는 쓸쓸한 그 모습. 내가 잠시 서서 배웅하자 그도 다시 문득 뒤를 돌아 나를 바라보았다. 나를 보며 살짝 고개를 낮게 숙이며 인사했지만 그 용모는 더 이상 분명하게 보이지 않았다. 해오라기가 저녁 하늘을 갸-악하고 울며 지나갔다.

그 다음날도 다음다음 날도 나는 똑같이 니시부쿠로에 나갔다. 하지만 어찌 된 일인지 그 소년과는 두 번 다시 만날 수 없었다.

　니시부쿠로 낚시는 그렇게 더 이상 만나지 못하게 되어 그만두었다. 그러나 지금도 때때로 그날 그곳의 정경을 떠올려본다. 그리고 지금 사회 어딘가에 그 소년이 벌써 훌륭한, 사회를 향해 이해심 있는 신사가 되어 존재하고 있을 것만 같이 떠올라 견딜 수 없다. - 「갈대 소리」

　마지막 장면은 소년과 헤어지며 소년의 뒷모습을 유의 깊게 바라보는 주인공의 자세한 풍경 묘사와 그 뒤 때때로 소년을 떠올리며 주인공이 느끼는 서글프고 그리운 감상으로 마무리된다. 그리고 이러한 '바라보기'라는 세밀한 묘사는 로한이 다른 작품에서도 저자로서 주인공들에게 꾸준히 유지한 자세이자 당대 소설양식에 대한 로한의 의고전적인 비판방식이다. 「환담」의 관직에서 쫓겨난 무사 나리와 늙은 뱃사공 기치, 「관화담」의 만학도 대기만성 선생, 「골동품」의 정오, 정빈 등 골동품에 안달이 난 인물들, 「마법 수행자」의 마사모토와 다네미치 공 등등 로한은 그들을 전부 어디선가 누군가에게 들었거나 어떤 책에서 보았다고 소개한다. 그리고 그는 주인공들을 소설이라는 형식을 통해 바라보며 묘사하고 또한 유려한 문장과 원숙한 사상을 통해 회상한 것이다.

그러므로 마지막 수록작 「갈대 소리」에서 소년과의 헤어짐, 그리고 그 쓸쓸한 감상은 작품집 속 다른 이야기들과 주인공들로 확장되며 여운을 길게 드리운다.

전근대의 전근대와 현대의 로한

로한의 작품은 분명 쉽지 않다. 다른 「운명」이나 「열락」 같은 소설은 당연히 어려운 소설이고 이 작품집 속 작품 또한 쉽지는 않았으리라 생각한다. 그래서 고다 로한이라는 인물 또한 어렵고 고리타분한 사람이라고 생각해버리기 쉽지만 의외의 면모가 많은 사람이었다. 20대 초반 홋카이도에서 전신 기사로 근무하다 무단으로 이탈한 뒤 귀경해버렸던 이유 중 하나는 여성 문제였던 것으로 알려져 있다. 무단이탈 후 로한은 홋카이도에서 도쿄로 귀경하기까지 몇 개월 동안을 무턱대고 돈도 없이 떠돌아다닌다. 또한 교토대학 강사 자리를 한 학기 만에 사임한 것도 권위적이고 틀에 갇힌 분위기를 스스로 견디지 못한 게 아닐까 추측되고 있다. 당시 강사직을 떠날 때 '교토는 산뿐이라 낚시할 수 없어서'라는 농담 같은 이유를 댔다고 한다. 낚시를 너무 좋아해서 「갈대 소리」속 주인공처럼 온종일 낚시에만 열중하던 시절도 있었고 술을 너무 좋아해서 술에 취해 얼굴이 새빨개진 사진도 남아있다. 또한 나름대로 유서 깊고 격식 있는 가문 출신임에도 불구하고 어렸을 때부터 어머니가 집안일을 엄하게 가르쳐 결혼한 뒤에도 자신이 청소, 빨래, 취사 등 집안일을 도맡아 했으며 「갈대 소리」초반부에 이를 암시하는 내용이 쓰여 있기도 하다. 이렇게 자유분방한 로한이었던 만큼 그의 작품 속 메세지 또한 좀 더 자유롭게 받아들인다면 새로운 감상이 가능할지 모른다.

일본에서 고다 로한은 전근대 시대의 유물로 취급되며 점점 잊혀지는 경향이 없지 않다. 끝까지 의고적 작품을 고수하고 개인주의 문학 사조에 영합하지 않았으며 더군다나 정통 한학에서 멀어져가며 한문 표현이 사라져가는 작금에 고다 로한의 작품 또한 어쩌면 점점 더 멀어져가는 게 당연할지도 모른다. 하지만 전근대성을 비롯한 그에 대한 기존의 평가는 다시 한 번 고려해야 한다. 왜냐하면 로한을 전근대로 평가하던 시대적 잣대 또한 우리에게 전근대가 되어버렸기 때문이다. 당시의 리얼리즘 자연주의 사조와 개인주의 경향은 진작 자리에서 물러났고 그 뒤로 등장한 신감각파, 무뢰파와 같은 새로운 사조 또한 멀리 떠나갔다. 이른바 전근대의 전근대가 곧장 근대성, 현대성이 된다는 건 아니지만 좀 더 객관적으로 바라볼 수 있는 시간적 토대가 비로소 마련되었다. 로한이 다룬 유교, 불교, 도교, 동양고전의 가치관과 여러 소재는 어느 한 시대만의 유물이 아니다. 지금까지 살펴본 이야기 속 주인공들이 우리와 마냥 다르거나 아주 멀지 않았던 것처럼. 그렇기에 고전은 돌아오고 또 돌아오며 로한의 인물들과 이야기 또한 역사와 고전을 넘어 다시 돌아올지 모른다. 지금 사회 어딘가에 그들이 이해심 넘치는 누군가로 돌아와 존재할 것만 같아 견딜 수 없는 건 비단 고다 로한뿐만이 아닐 것이다.

1867년   현 도쿄시 막부 가신 집안에서 8남매 중 4남으로 7월
        23일 출생.

1873년   7세 나이부터 『효경孝敬』을 배우기 시작하며 정통 한
        학 교양을 몸에 익힘. 사서오경 또한 이 시기에 배우기
        시작.

1880년   경제적 사정으로 중학교 중퇴. 중퇴 후 유시마도서관
        (湯島圖書館)을 왕래.

1881년   도쿄 영학교(東京英學校)에 입학하나 1년 후 중퇴. 이즈
        음 동시에 들어간 한학 사숙 기쿠치(菊地) 학원은 중퇴

하지 않고 계속 통학.

1883년 장학생으로 전신수기학교에 입학하여 졸업 후 19세에 홋카이도(北海道) 요이치(余市)에 전신 기사로 부임. 이후 한문학, 불경 등을 독학.

1887년 8월 기사직을 무단으로 내던지고 귀경. 귀경 여정 중 지은 하이쿠 시구에서 따와 로한(露伴: "이슬과 함께"라는 뜻)을 필명으로 삼고 문학에 뜻을 둠. "마을을 떠나, 이제 이슬露과 눕게, 풀베개 베고."

1889년 소설가 아와시마 간게쓰(淡島寒月)의 중개로 「이슬방울露団団」을 발표하며 문단 데뷔. 같은 해 『풍류불風流佛』을 발표 및 간행.

1892년 26세에 덴노지(天王寺)를 모델로 하여 탑 건설을 둘러싼 도공의 이야기를 그린 대표작 『오층탑五重塔』을 발표. 문단의 격찬을 받으며 작가로서 지위를 확립.

1899년 획기적 도시론인 「일국의 수도一国の首都」를 발표하고 뒤이어 1901년 「물의 도쿄水の東京」를 발표하며 작가로서 영역을 확장. 이 시기부터 동시대 작가 오자키 고요(尾崎紅葉)와 함께 고로시대(紅露時代)의 대표작가로 일컬어지며 황금기를 맞이함.

1903년 「하늘을 치는 파도天うつ浪」 연재를 개시하지만 약 1년 후 연재 중단. 이후 문학 침묵기에 들어가고 사상 연구 및 사전(史傳) 집필에 집중.

1907년 당나라 전기소설 『유선굴遊仙窟』이 만요슈에 끼친 영향을 논한 연구론 「유선굴遊仙窟」을 발표. 1911년 이 논문을 주요 업적으로 교토대학 문학박사 학위를 수여.

1908년 교토대 문과대학 에도 후기 문학 담당 강사로 취임하나 이듬해 사임하고 귀경.

1916년 11월 본집 수록작 「골동품」 발표

1919년 그간 잠시 문학 작품 발표에서 멀어져 연구에 집중했으나 명나라를 배경으로 한 역사 소설 「운명運命」을 발표, 대호평을 받으며 문단에 부활함.

1920년 시조 선집인 『바쇼 칠부집芭蕉七部集』 주해 연구를 시작.

1925년 7월 「관화담」 발표. 3년 뒤 1928년 4월 「마법 수행자」, 10월 「갈대 소리」 발표.

1937년 제1회 문화훈장을 수여하고 제국 예술원 회원으로 위촉됨.

1938년 9월 「환담」 발표.

1947년 『바쇼 칠부집』 주해를 27년만에 완료. 7월 30일 협심증으로 타계. 향년 79세.